U0165619

漢語語法
白話篇

CHINESE
GRAMMAR

鍾榮富 著

推薦序一

　　萬分榮幸第一手拜讀鍾榮富教授巨作《漢語語法（白話篇）》專書，並為其撰寫推薦序。鍾教授是筆者的恩師，引領筆者於博士班課程學習與指導學位論文撰寫，更是筆者往後學術研究學習的最佳典範。現今語言學領域的一代巨擘非鍾教授莫屬，能為本專書推薦，何其有幸。

　　鍾教授為美國伊利諾大學語言學博士，曾任麻省理工學院語言學系訪問學者，更受邀至新加坡國立大學擔任高級訪問學者，學經歷淵博，出版過漢語、華語、客語、臺灣閩語、英語等語言學相關理論與應用專書，著作等身，令人敬重。此外，鍾教授語言學相關專題課程教學經驗豐富，課堂上幽默風趣，旁徵博引，往往艱澀難懂的理論，透過鍾教授的詮釋與闡述，變得清楚易懂。回想起博士班音韻學專題課程的第一堂課，鍾教授以傳授「屠龍之術」自比，課堂中抽象不易理解的音韻學理論，無論是mora或是OT等等皆變得鮮活有靈氣，衷心敬佩鍾教授淵博的學識與風趣幽默的教學。一路走來，誠摯感謝鍾教授親傳屠龍之術，對於筆者當時撰寫博士論文及日後學術研究與教學方面，扮演不可或缺的角色，影響甚鉅。

　　有鑑於坊間語言學概論教材之侷限，並基於對語言學教學與傳承的熱衷，鍾教授從2003年開始，陸續出版了《最新語言學概論》、《當代語言學概論》等語言學入門書籍，為語言學初習者指引迷津，提供語言實例與現象，適切融合語料與理論，對莘莘學子語言學的學習之路助益良多。以筆者為例，在大學外文系教授語言學概論課程近十六年，語言學概論的教材多以英語文為主，書中所列舉範例也以英外語居多，缺乏中文或華語語料，學生往往較難理解教科書中語言學理論精要與其實際之應用性。幸有鍾教授語言學入門專書提供豐富實例，讓筆者能於課程中適時融入與運用，增進學生對語言學理論的理解與提升學生對語言學學習的興趣。

(4) 漢語語法（白話篇）

　　本書《漢語語法（白話篇）》有別於先前的語言學概論書籍，除了提供漢語語法各領域加深加廣的理論論述與實例應證外，更具備以下特色亮點：

1. **貫穿古今跨越世代**：書中提供歷史典故，讓讀者了解語言變化或發展及其歷史背景與相關因素環環相扣，舉凡中古語音或古文借詞等；此外，書中也充分融入現今語言發展與用法，提供年輕世代常見語言現象或常用詞彙，藉此可以培養全面完整縱向宏觀語言思維。

2. **中西語言文化示例**：語言與文化息息相關，書中除了探討漢語、英語語法結構主要差異外，也輔以說明文化意義與影響，如：擬聲形容詞等；更提供語言接觸相互影響的實際語料，如：漢語歐化語句、關係子句、表時間借詞的「當」等等，讓讀者理解中西語言文化橫向的關聯與影響。

3. **語言教學偏誤成因**：本書以漢語語法中各領域扎實的語法結構為基底，輔以語言學習者偏誤實例，佐證相關背景成因，舉凡漢語謂語結構或漢語「除……（以）外……」具備in addition to和except兩種功能等，常造成語言學習者困惑，以致掌握度有失，若能熟知偏誤之可能成因，將有助於語言教學者或學習者進一步思考，相關教學或學習策略因應之道。

4. **認證試題應用分析**：本書於各章節皆精心安排複習試題或綜合複習試題，提供讀者及時檢核是否理解該章節理論精髓，練習正確運用語法知能來進行語料分析；其中取自華語教學能力相關認證試題，亦有助於準備相關考科之考生研讀，提升漢語語法運用與分析能力。

　　綜上所述，鍾教授的《漢語語法（白話篇）》呈現扎實的理論基礎與豐富的中文或華語語料，並輔以相關英語語料佐證，能有效增進學生學習應用與提升素養能力，是教師教學準備或學生自學參考之最佳利器，特此推薦。

國立高雄大學西洋語文學系特聘教授兼任人文社會科學院院長

賴怡秀

推薦序二

鍾榮富教授是我的博士論文指導教授，我的博士論文是研究句法學的刪略現象，其實刪略既是句法現象，也是音韻現象，可惜我只專注在句法面向，迄今還沒空深入討論音韻的影響。

一般人以為鍾教授是專研音韻學的大師，殊不知其論著涵蓋既深且廣，不僅跨語言，包括英語、漢語（客家、閩南、其他漢語方言）及原住民語，還跨學門，包括語法學、聲響語音學、社會語言學、方言學等面向，皆有其專論。鍾老師很能將複雜難懂的句法學與音韻學介面研究，擴大闡釋，把艱澀的語言理論，轉化成易懂的語言教學方法及應用。

從這本《漢語語法（白話篇）》十七個章節中，可一一印證鍾老師對此領域的投入與貢獻。吾人多年的研究深深體會到一個研究句法的盲點：專研句法學的學者，常沉浸在語法理論的論證當中，忽略音韻因素對語言造成的直接影響。此書最大特色就是約而要之地引介漢語語法，讓有心學習漢語句法的人，有個燈塔似的入門指引，從而掌握漢語語法多面向的實際內容。特此推薦此書為語法教材及參考書，必能嘉惠有意學習漢語語法的莘莘學子。

我能第一手拜讀此一著作，彷彿回到求學時期，好像又上了鍾老師一整個學期的十七堂句法課；同時應邀寫序，感到無比的榮幸與喜悅。

高雄師範大學臺灣歷史文化及語言研究所教授

魏廷冀

自序

　　想寫《漢語語法》是很久很久以來的發想，但如果沒有五南的黃惠娟副總輯一再地催促，可能這個發想還是只能長存在於心中。

　　赴美讀語言學純粹是人生的偶然，就這麼偶然得到獎學金，就這麼偶然去讀了語言學。我那個時代，「語言學」就等於「句法」，坊間的語言學幾乎都是句法相關的文獻、研究。幾位北上讀四十學分班的同學、學弟妹偶然相聚，不外乎談論我們的湯老師。湯老師的句法、詞法專書，每一本都厚厚的，都能當枕頭，仔細讀起來，每個字都看得懂，因為大都是用漢字或英文書寫，可是總無法越過文字後面的障礙，讀後仍然茫茫然。

　　香檳伊利諾大學的語言學所，句法學是重中之重，我隨Peter Cole教授學習，他的班上總有幾位白髮蒼蒼的教授旁聽（偶爾鄭錦全老師也側身其間）。有一次，那位白髮教授問我認不認識湯廷池。我說，久聞其名，但可惜沒上過他的課。他說他就是湯老師的老師，我馬上站起來，肅然起敬。後來我們開始聊天，還有一次甚至共同驅車六小時遠到Ohio大學開會。他一直跟著我們上了四門句法課程，個人認為課後的聊天才是獲益最多之處。

　　1988年夏天，我沒回臺灣。那一年，向來教音韻學的Michael Kenstowics，忽然在暑假開了一門句法理論的課。在這堂課中，讓我能把句法和音韻的內在理論橫向貫通，許多過去在government and binding的種種疑惑，終於豁然開朗。1989年春天，梅廣老師從臺灣到香檳客座一學期，開了「句法理論與漢語句法」的專題課，是相當難得的機遇。據我所知，梅老師在臺灣鮮少開語法理論的課。

　　暑假過後，就是選論文題目的時候了。Peter認為我的句法潛力很好，課堂上的研究報告寫得嚴謹，上的課又多（共上了六門課），理論扎實，希望我朝這個方向思考。不過，Michael一向待我如同入室弟

子，我對音韻的興趣也相當濃厚。在這兩大領域之間，徘徊思考了很久很久，始終無法決定。

最後我選了音韻，可是那一年，Michael去了麻省理工學院。他建議我跟隨他去MIT見見世面，開開眼界。可惜經過種種主客觀的思考，我留在香檳完成了論文。等到1994-95年我才在國科會的資助下，到MIT圓夢，親聆Morris Halle、Noam Chomsky的教誨。

寫本書時，大部分的語法概念是根據上課期間閱讀文獻記下來的六大冊筆記，內容以前輩Chao Yuan-ren 1968為主，其他得力於王力、朱德熙、呂叔湘、湯廷池、曹逢甫等大師的語料、例句，還有潛伏在文字之中的黃正德、李燕惠、蔡維天、林若望、魏廷冀等青壯輩名師的思考和論證。「潛伏」之意，即不能太彰顯理論，否則恐引起閱讀的困難。即使例句也沒有直接引用，而改以自己的語句。複習部分，有大量的題目取自教育部對外華語認證考試的「漢語語言學」題目，一者藉以讓讀者跨越內容與命題之間的關係，另一個想法是提供實例，讓讀者反思。所有題目都用括號註明年代，如（2022：29）表示該題為2022年的第29題。國家考試題目屬於公共財，在教學與學習上，並不構成侵害版權的問題。

入門的《漢語語法》並不容易寫，一不小心，就可能陷於太難、太艱深的文字之中。

文本初稿，承邱湘雲（彰化師大臺文所教授），葉瑞娟（清華大學臺灣語言暨教學研究所教授），賴怡秀（高雄大學英語系教授），魏廷冀（高雄師範大學臺灣語言歷史研究所教授）等名家的指正、修訂、與建議，讓本書增色了不少，特此銘謝。書，總是在正式出版之後，才會發現不應有的乖誤。若存有此現象，本人應負全責。

是為序。

CONTENTS
目錄

第一章

緒論

引言

　　本書定名為《漢語語法（白話篇）》，基本設想是呼應左松超教授撰述的《漢語語法－文言篇》，但是文言與白話還是存有本質上的差異，因此不可能採取逐篇對應的方式書寫，不過在編排與書寫方面，盡量以文言版為參酌基準。

　　語法書籍常令讀者困擾的部分在於名詞的不一致，不僅兩岸的部分用語不同，島內的中文系與外文系的用語也差別甚大。為了釐清這些名詞，本書將在詞類劃分上，採用「詞」，如：名詞、動詞、形容詞、介詞、副詞、感嘆詞、語助詞等等。而把句子結構單位稱「語」，如：主語、謂語、定語、狀語、賓語、補語。

　　此外，與本書相關還有「漢語」的界定、語法的內涵、文言與白話語法的差別等等。最後，是本書整體的架構。

「漢語」的界定

　　本書所謂的「漢語」，泛指臺灣通稱的「國語」與中國大陸通用的「普通話」。「漢語」就是「國語」或「普通話」，三個名詞所指涉的內容，基本上是一致的，英語稱之為Mandarin Chinese或Standard Chinese，許多媒體則逕以Chinese稱之。

　　臺灣有「國語」與「華語」的不同稱呼源自於「對外華語教學」的理念，至今還是有人主張兩者要做區隔。在臺灣本土教室內教學或使用的稱為「國語」，教外國學生講的稱為「華語」。其實這兩種名稱的內

容指涉是完全一樣的，不需要有這樣的區分。遠在還沒有「國語」的稱謂之前，早期的文獻概稱之為「漢語」，「漢語」一詞多意，是個可以各自表述的語詞。傳統的漢學家喜歡用「漢語」作為Chinese的對稱，但有人則視「漢語」為嚴肅的名詞，遂以the Sino language稱之，因此將「漢學」稱做Sinology。有名的中日戰爭，西方文獻用Sino-Japanese War。

　　語言學學術領域的學者多傾向於把「漢語」看成一個語族（language family），各地使用的語言或方言一概稱之為「漢語方言」。這麼說來，我們的「國語」其實只是漢語方言的一種，與吳語、粵語、閩南語、閩東語、客家語、贛語、湘語等八大方言並列，地位相同。

漢語語法

　　任何語言的語法，理論上都包括語音、構詞、語意、句法等範疇，每個範疇都足以獨立成書，且每個範疇都已經有專書出版了。為了集中焦點，本書不特別講述語音、構詞、語意，而只把主題集中在句法。雖然如此，除了語音比較少觸及之外，其餘的主題都難免或多或少會討論到。

　　「句子」，最簡易的界定是：有主語有謂語且能表達某個特別語意的語法單位。不過，這個界定其實是用以分析英語或其他句子為本位的語言為基礎的，對漢語而言，句子可以沒有主語，如有名的詩句(1a)和(1b)都沒有主語。現代白話文也有很多沒有主語的句子(1c)。

　(1)

　　a. 松下問童子，言師採藥去。

　　b. 卻下水晶簾，玲瓏望秋月。

　　c. 那天到了水潭，才知道她們走了。原來孤獨還是孤獨，寂寞還是寂寞。

　　不僅如此，漢語有很多句子出現兩個主語，如(2)，後來有學者指出

漢語與英語不同之處，進一步把(2)這種句子稱爲「主題評論」句。(2a)的「張三」是主題，「他下午要來看我」爲評論句。又如(2b)，「這本書」爲主題，「內容寫得眞好」爲評論。

(2)

a. 張三<u>他下午要來看我</u>。

b. 這本書<u>內容寫得眞好</u>。

漢語不但有很多主題評論的句子，還更常見到一個主題多個評論句的結構，如(3a)，這種結構稱爲「主題鍊」。有時也會遇見主題兼主語的句子(3b)：

(3)

a. 那棵樹，樹幹很挺拔，樹葉很茂盛，枝枒非常多，樹形眞是好看。

b. 那位同學，人長得英俊，頭髮有很好看，笑容更爲甜美，是我的好朋友。

因此，就句子結構而言，漢語的確有其特色，不能完全從英語句子結構的角度來分析。不過，除了前面的三個特點，可以沒有主語，能有主題評論句，允許主題鍊之外，多數的漢語句子結構與英語的句子結構並沒有太大的差別。

在引介句子結構之前，我們先複習一下英文文法上的詞類，即名詞、動詞等等，如：

(4)

a. 名詞：泛指所有東西或事物的名稱，如「桌子、窗簾、太陽、書桌」。

b. 動詞：泛指一切表達動作的語詞，如「哭、跳、打、寫」。

c. 形容詞：泛指一切用於修飾名詞的形狀、大小等等語詞，如「大的、白的、圓的、美麗的、漂亮」。

d. 副詞：泛指一切用於修飾形容詞或動詞的樣貌、形態等語詞，如「慢慢地、用力地、辛苦地」。

有了詞類的概念之後，我們再來開始介紹句子的內在結構。所有的句子可以先分為兩大片，主語和謂語，如：（這裡的「謂語」，有些書籍稱為「述語」）

(5)

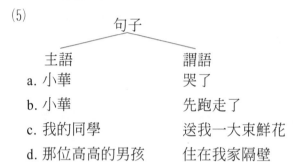

換句話說，所有的漢語句子都能先拆分成為主語和謂語兩大部分。主語、謂語都是句子的結構單位。能當主語的就是名詞，只有名詞能當主語。可是從(5)得知，主語可能只是單一個名詞(5a, b)，也可能是名詞以外還有其他語詞，如(5c, d)。像(5c)之類的主語，稱為「名詞詞組」或「名詞短語」。

(5c)的主語是個「名詞詞組」，由定語和名詞組合而成的，如：(6a)。至於謂語則由動詞和補語合組而成(6b)。

至於賓語也多為名詞，而狀語通常為動詞之前的副詞，如「小華快樂地買了一本書。」：

(7)

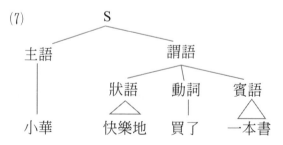

　　迄今為止，我們介紹了名詞（男孩）、動詞（住）、形容詞（那位高高的）與副詞（在我家隔壁）等屬於詞類的名詞。另外，在句子結構內，我們見到了主語、謂語、定語、狀語、賓語、補語等各種不同的結構。

　　這是兩組不同的名詞，不同的概念，應該要先了解這些名詞及其差異。名詞在句子中當主語，動詞通常是謂語的核心，凡是有謂語，必定有個動詞。在(6a)中形容詞（那位高高的）在句子中，當定語用，主要是修飾後面的名詞。至於謂語中，副詞或副詞短語通常依據位置而定，在動詞或謂語之前稱為狀語（如(7)的「快樂地」）或當補語，即位於動詞後面的副詞、形容詞、名詞概稱為補語。

　　再舉個例子來說明。後面(8)是「聰明的張三慢慢地走開了。」的樹狀結構圖。請大家仔細觀察這個句子的樹狀圖（句法結構），同時注意每個詞類在句子中所扮演的不同角色。(8a-d)是句中每個語詞的詞類，(8e)是句子的結構圖示。

(8)

　　a. 名詞：張三

　　b. 形容詞：聰明的

　　c. 動詞：走開了

　　d. 副詞：慢慢地

　　e.

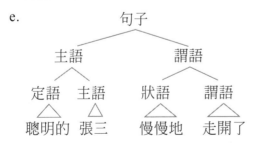

由(8)大約可以看出句子結構和詞類之間的呼應。在句子結構中，「主語」有兩種涵義，一種是「句子可分為主語和謂語」，第二個層次，「主語」（名詞）指句中的主詞。為了全書名稱的一貫性，我們不用

「主詞」而一律用「主語」。「謂語」也是如此，可以指句子的主語以外的所有的其他部分，也可指「動詞」而言。相同的道理，形容詞若在名詞之前當定語用，而動詞之前的副詞即爲狀語。另外，在句子結構中，還有「補語」需要了解。

　　「補語」泛指接於動詞後面或賓語後面，用以表示狀態、動作、或名詞之類的補充說明語詞。通常爲名詞、形容詞、或副詞，如「小明長高了。」中的「高了」就是用來補足句子完整性的補語。而(6)的「在我家隔壁」用來補足句子語意的完整。

　　其實，主語、謂語、賓語、補語、定語、狀語等句子結構單位，可用昔日英文文法中的五大句型爲示例，如(9)。最簡單的句子，只有主語和謂語(9a)。第二種句子，除了主語、謂語之外，還需要補語(9b)：

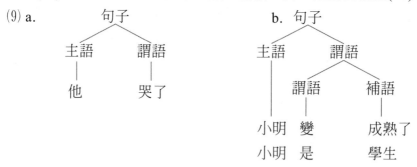

　　「補語」通常爲名詞(9b)的「學生」或形容詞(9b)的「成熟了」。補語主要是用來補足語句的完整。假若缺了補語，則(9b)變成「*小明是」，這就不是一個完整的句子了，必須要補上「學生」或「很高」才能使句子完整。

　　第三種句型需要主語、謂語之外，還需要賓語，如(10a)，第四種句型則在賓語之後，還需要補語(10b)：

⑽ a.

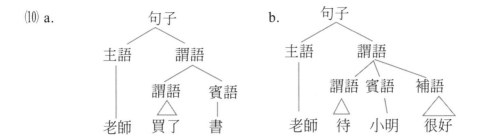

　　第五種句型的謂語需要兩個賓語(11a)，故又稱爲雙賓結構。至於這些語法單位，僅以(11b)爲例。(11b)的主語包括定語（那位）和名詞（小姐）。謂語由四個語言單位組成，分別爲動詞（嫌），還有修飾動詞的狀語（漸漸地），賓語（楊過），及補語（笨手笨腳）。

⑾ a.

b.

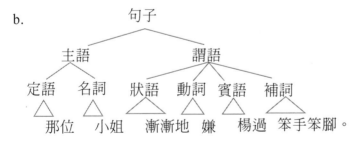

　　迄今爲止，我們介紹了句子結構中的結構單位，如：主語、謂語、賓語、補語、定語、狀語。另外，我們應該還記得，主語都是名詞，謂語即爲動詞，賓語也都爲名詞，補語可以是形容詞或名詞，定語多爲形容詞，狀語肯定是副詞。

複習

1. 請把後面的句子劃分成為主語和謂語兩大部分。

   a. 小華哭了。

   b. 那位先生來了。

   c. 那位太太買了一袋水果。

   d. 這棵大樹長高了。

2. 請把後面句子中的謂語圈選出來，並且標示出主語、定語、賓語、補語、狀語。

   a. 小明醒來了。

   b. 那個婦人靜靜地擦洗那扇窗戶。

   c. 我的表姊寄了一大箱蘋果給我。

   d. 他靜悄悄地走開了。

句子的類別

　　句子除了前一節述及的句型之外，從敘述方式而言，句子又可分為(a)直述句，(b)疑問句，(c)命令句，(d)祈使句，(e)感嘆句，以後列的例句來說明。

　　⑿**直述句**

　　　a. 他來了。

　　　b. 小明離開臺北兩個月了。

　　　c. 他不來臺北了。

　　直述句就是把事實或事件表述清楚，即為日常生活中的口語語句，可以是肯定句(12a-b)，也可以是否定句(12c)。在書寫之中，大都是使用直述句，因此相關結構不再另章說明。

　　⒀**疑問句**

　　　a. 小華會來開會嗎？

b. 你爲什麼不要去學校呢？

c. 那就請他去問問吧？

疑問句主要是表達心中的疑問，大多數的疑問句應該是用來表純粹的疑問，如(13a)、(13b)，但也能表達帶有猶豫、存疑的語氣，如(13c)。有關疑問句將在第十三章再進一步說明。

⒁**命令句**

　　a. 滾開。

　　b. 不要再講話了。

　　c. 給我閉嘴。

命令句表示上對下的命令口吻，帶有相對的權威性，其主要的語用功能將在第十七章深入討論。

⒂**祈使句**

　　a. 希望妳一路順風。

　　b. 假設我能去，我早就去了。

祈使句表但願式的祈求或假設存在的語氣，有些書把命令句也納入祈使句之中。祈使句也與條件有關，如「如果你不來，我就會另請高明。」。有關祈使句的用法、結構、句型，將在第十章連接詞討論。

⒃**感嘆句**

　　a. 啊！失去機會了。

　　b. 哎呀！快下雨了，快回家吧。

感嘆詞或感嘆句是相對特殊的語詞或句型，主要是表達心中的喜怒哀樂的語氣，將在第十一章討論。

白話與文言的句法差異

就語法結構而言，白話文和文言文並沒有太大的區別，可是兩者還是有根本的差異，其差異點就在於語詞的精簡和繁複。簡單地說，文言文多單音節的語詞，而白話文多雙音節或多音節的語詞。且舉個例子來分析：

⒄

　　a. 吾聞君子不黨。

　　b. 我聽說君子不會結黨營派。

昔日的「吾」即為白話的「我」，文言的「聞」就是白話的「聽說」，文言的「黨」即為白話的「結黨營派」，可見白話與文言最大的差異在於語詞的繁簡與所使用的語詞結構。而句子結構，基本上並沒有不同，兩者都是複句（由「我聽說」和「君子不會結黨營派」兩個句子組合而成。）

　　因此在章節的主題取材方面，此版本僅在部分的主題上有所差別。文言篇與白話篇兩書的差別僅在於分析的角度與取材的語料有別。文言文在高中有相對固定的文本，能取出比較固定的語句作為分析討論的對象。而白話文的語料，則無法根據國高中的教科書文本，一者怕侵權，有損著作者的權利，故絕對無法抽取教科書文本內的句子。其二，白話文根據的是口語居多，而臺灣國語的用句如「我會講給他清楚啦。」、「那家的湯圓很不錯吃。」又不能照單全收，因此語句的來源除了作者根據句型自造之外，參酌的還是國教院的漢語語料庫。

綜合複習

1. 下列句子劃線處都出現補語，哪一個選項的補語作用與其他不同？

　(A)他把芹菜切碎了。　　　　　　(B) 他送來兩本雜誌。

　(C)他不小心摔傷了。　　　　　　(D) 他終於學會打字。

2. 下列哪一句內劃線的詞語不是補語？

　(A)「老師指定小明當班長。」　　(B)「弄了半天終於完工了。」

　(C)「再看他一眼再走吧！」　　　(D)「再說下去就沒意思了。」

3. 「撐死了」中的「死了」屬於下列哪一類？

　(A)狀語　　　　(B) 補語　　　　(C) 定語　　　(D) 賓語

4. 關於話題鏈（Topic Chain）的描述，何者正確？

　(A)含多個主題帶多個評述的句子。

(B)鏈中省略的代詞常指不同對象。

(C)由零形回指形式的話題連接的小句。

(D)不具有篇章組織功能。

本書的組織

　　本書由十七個章節組成，其中前十二個章節以詞為主，句子則從第十三章的疑問句和否定句開始。其實，第十一章的感嘆詞，也可說是感嘆句，是界於語詞和句子之間的形式。以詞類而言，我們介紹語詞的結構、名詞、代名詞、數量詞、形容詞、副詞、動詞、介詞與短語結構、連接詞、感嘆詞、介詞。句子則介紹疑問句、否定句、連動句、兼語句、把字句和被字句、其他句型（是字句、比較句、連字句、插加句），最後是第十七章的漢語的語意與語用。坊間的漢語語法書都沒有論及語意，更遑論語用了。事實上，語意並無法因為傳統的字音、字形、字義的三合一概念獲得圓滿解釋，因為語意學涉及的理論與觀念，需要更聚焦的專章討論。

第二章

詞彙結構

引言

漢語的語詞相當於英語的word，特色是「每個語詞」都有自己的語意、讀音、還有詞類，例如「明月」是個語詞，表示「很明亮的月光」，讀為[mín yüè]，是個名詞，所以能出現在主語的位置（如：那輪明月很亮。），也能當賓語（如：我喜歡看明月。）

恰如所有的自然語言，漢語的語詞本質上是由詞素結構而成的。所謂「詞素」指「最小且有意義的」構詞單位。由於漢語都由漢字表意，每個漢字通常有其獨立的讀音、獨立的語意，因此詞素基本上也有獨立的音節，獨立的漢字，某種程度上也具有獨立的語意，例如「明月」中的「明」和「月」都可說是個詞素，「明」是「亮」的意思，而「月」指的是「月亮」，也可指「月分的月」，但在「明月」的結構中，「月」僅限於「月亮」的語意。

至於「詞彙」則代表所有語詞的總和，有的人詞彙豐富，能隨手寫出或隨口講出各種不同的詞語，有的人則詞彙不多，往往覺得「詞彙要用時方恨少」，因而往往覺得詞不達意，或者無法具體講出心中的想法。根據最新的國教院對於國小教科書的研究報告（還在整理分析中，這裡取用的是會議報告中的數字，暫時僅供參考），國小學生各階段應該認識或學會的漢字總數約為：（A和B欄中的兩個數字是根據兩種教科書的內容而算計）

	A	B	平均
1-4年級國語 3-4年級自然 3-4年級社會	3,026	2,462	2,744
1-5年級國語 3-5年級自然 3-5年級社會	3,541	2,858	3,199
1-6年級國語 3-6年級自然 3-6年級社會	3,909	3,093	3,498

　　換言之，現有的教科書希望國小的小孩能掌握（能讀、能看、能懂）3,498個漢字，才能理解與應用所有教科書的內容。不過，這也就文字而言，至於語詞則相對大的多，因為漢字和漢字彼此可以結合出更多語詞。

單純詞

　　語詞有各種不同的分類方式，例如可以根據語法功能而分為名詞、動詞、形容詞、副詞等等，也可以根據語詞的語意具體性而區分為實詞與虛詞。實詞指有實質語意的語詞，通常包含名詞、動詞、形容詞、副詞。虛詞指語法功能上需要，具有語法意義，但本身不一定具有很實際的語意者，如介詞「從、跟、替」、連接詞「和、與、就」等均為虛詞。

　　本小節先從語詞的內在結構分為兩種：單純詞和結合詞（或複合詞）。所謂「單純詞」指僅僅只有單一個詞素的語詞，雖然是單一語意、單一詞素，卻也可能是單音節，如「書、光、白、窗、慢」等，或雙音節，如「玻璃、徬徨、猶豫」，更可能是多音節，如「巧克力、阿斯匹靈」。

　　複合詞是由至少兩個以上的詞素結合而成的語詞，例如「光明」

是由「光」和「明」兩個詞素結合而來，雖然兩者的語意大抵相同，但合起來自有其獨立的語意和用法。複合詞並不侷限於兩種語意相類似的單詞素，也可以由語意相反的單詞結合為，例如「黑白、新舊、遠近」等，有關複合詞的詳細討論，將在下一小節說明。

　　漢語的單純詞，可以用音節的多寡，列之於後：

1. 漢語的單純詞

　⑴**單音節**

　　　畫、草、天、雨、房、慢、湯、水

　⑵**雙音節**

　　①**雙聲（兩音節的聲母相同）**

　　　參差、忐忑、蜘蛛、彷彿、鞦韆、榴槤、恍惚、拮据、躑躅、惆悵、偶儻、崎嶇、玲瓏、滴答、澎湃、滂沱

　　②**疊韻（兩音節的韻母相同）**

　　　窈窕、逍遙、朦朧、徬徨、蜥蜴、蹉跎、倘佯、葫蘆、蜻蜓、婆娑、螳螂、蕭條、倥傯、橄欖、淅瀝、徘徊、盤桓、潦草

　　③**其他單純詞**

　　　芙蓉、含笑、百合、玫瑰、葡萄、玻璃、蝴蝶、蟋蟀、蚯蚓、螞蟻、嗚咽、蝙蝠、鸚鵡、幽默、咖啡、摩登、繃帶、菩薩

　⑶**多音節單純詞**

　　　馬拉松、冰淇淋、西拉雅、沙隆帕斯、阿斯匹靈、凱達格蘭、喜馬拉雅山、雅魯藏布江

　　前面的「雙聲」和「疊韻」都是傳統中國聲韻學內常用的傳統名詞，分別以聲母或韻母作為語詞結構的指標。這些雙聲或疊韻語詞，對現代的讀者而言，有些可能存有疑問，因為有些語詞的兩音節之韻母並不全然相同，例如「徘徊[pái huái]、盤桓[pán huán]、潦草[liǎo cǎo]」，差別在於介音（劃線處）之有無（而介音會帶來聲母的改變）。這些所謂「疊韻詞」的界定多以中古語音為基礎，而中古語音與

現代的語音已經有了很大的差異了。以「徘徊」這個「疊韻詞」而言，在歷史上的某個時段裡，兩者的韻母是相同的，後來由於語音的改變而讓兩者的韻母不同，不過傳統聲韻學還是把這些稱爲疊韻詞。

雙聲或疊韻詞，以致於聲母或韻母很類似，在傳統聲韻學裡又稱爲「連綿詞」，指「由兩個音節連綴成義，只具一個詞素，不可分開解釋，否則無意義」者，如：叮噹、彷彿、崎嶇、慷慨、凜冽、掙扎、坎坷、尷尬、榴槤、鞦韆、忐忑、吩咐、玲瓏等。若再詳細分析，會發現這類語詞多爲擬聲（如：滂沱、淅瀝、滴答、婆娑）或表狀態（如：徬徨、恍惚、惆悵），可能這也是同聲或諧韻可能帶來的聯想。雙音節詞有許多植物名詞（如：玫瑰、百合、含笑、薔薇、蘆葦、蘆薈、葡萄），還有很多是近代才有的外來語借詞，如：幽默、卡通、瓶頸、可樂、漢堡（以上借自英語），琥珀、浮圖、涅槃、霎那、羅漢（以上借自梵文），調製、料理、經濟、化學、寫眞（以上借自日語，案：「寫眞」本爲唐宋語詞，後來在漢語區失傳了，如今臺灣常用的「寫眞」，是再從日語傳進來的）。

簡而言之，單純詞表示「僅有一個詞素」，但卻可能爲單音節、兩音節、或爲多音節。

複習

1. 何謂「詞素」？
2. 「詞素」與「詞」有何區別？
3. 請從後列的語詞中圈出「單純詞」。

   桌子　　玻璃　　蘿蔔　　聰明　　漂亮　　巧克力　　光明燈

4. 後面那些是雙聲詞？

   淅瀝　　窈窕　　鞦韆　　榴槤　　倘佯　　徘徊

5. 後面那些是疊韻詞？

   婆娑　　薔薇　　蘆葦　　蜻蜓　　朦朧　　蘿蔔

複合詞

　　複合詞指至少有兩個或兩個以上的詞素結合而成的語詞，這些詞素又可分為兩種：詞與詞綴，詞與詞的結合。

詞與詞綴

　　詞的分類方法中，有一種是以能否獨立為基準，能單獨獨立成詞的稱為獨立詞，不能獨立成詞而必須附著其他語詞才能出現的詞稱為黏著詞。前面見到的單純詞都是獨立詞，因為都能單獨存在。而且，這些詞有可能後面再加上其他的詞綴，故又稱為「詞基」。至於「詞綴」通常指自己無法單獨出現，必須黏著詞基才能存在者，故又稱為「黏著詞」。當然並非所有的黏著詞都是詞綴，例如「髮」很少單獨出現，必須要連其他詞如「髮型、髮廊、髮辮、理髮、剪髮、護髮」，但是「髮」並不是詞綴。

　　詞綴雖不能獨立出現，但在語法上卻有標示語法的功能，又可再分為兩種，一種是「標記性詞綴」，表示這種詞綴具有標示詞類的功能，如形容詞詞綴「的」，可以在其他形容詞之後加「的」，如「小的、亮的、紅紅的、大大的、形形色色的、無限寬鬆的、他幫我帶來的」。這種詞綴也包括加上這個詞綴之後，會導致詞類改變的「派生詞綴」，如「的」，加在名詞之後變形容詞，如「山上的、月亮的、童年的」、或人稱代名詞之後形成形容詞（事實上是形成所有格，不過所有格也是形容詞的一種），如「我的、妳的、他們的、我們的」。又如「性」為借詞後衍生的抽象名詞，如「可行性、可塑性、前瞻性、多元性」、未來性」，或如「度」，常見於「忍耐度、可信度、效度、信度、長度、寬度、氣度、亮度」。另外一種稱為「曲折詞綴」。這裡的「曲折」來自英語的inflection，表示時式（tense）或時貌（aspect），如表示「進行」的「著」（「站著、講著、哭著、笑著」），而「看過、去過、找過、幫過」中的「過」是標示經驗的詞綴。以上這兩種詞綴，標記性

（派生）或曲折，都不能單獨成詞，必須要黏著在詞基之上，故都稱爲黏著詞。

　　詞綴可因出現的地方換環境而有前綴、後綴。前綴是出現在詞基的前面，如「阿平、阿文、阿三哥」中的「阿」。至於「老師、老婆、老虎」中的「老」也可說是前綴，也未必有實際的語意，因爲「老師」不一定老，「老婆」可能很年輕。出現在詞基後面的稱爲後綴，除了前面的「子」、「的」、「著」、「過」外，還有很多，如「慢慢地、悄悄地、害羞地」與「依然、仍然、巧然、訝然、惘然」中的副詞詞綴「地」、「然」等都是後綴。

　　此外，單純詞在功能應用上，又可以分爲兩類：實詞及虛詞。「實詞」指有語義內涵的名詞、動詞、形容詞及副詞，如：「窗戶、月亮、太陽、美麗的、緩緩地、走路、吃飯」。虛詞指在語法功能很重要，但卻沒有明確指涉的語詞，通常爲介詞、連接詞、代名詞等等，如：「在、於、就、連、它」（小明站在那裏看花。）。還有表示語氣或句子形式的語尾詞，如「哈、哩、呢、嗎、吧、哦」（爲何她不自己來呢？）。古文時代的「之、乎、則、也、嘻」等也在現代白話中扮演很重要的角色（你要好好自我爲之。我不在乎那件事。）。至於因爲翻譯而來的抽象語尾詞，如「保鮮度、可信度、融合度、忍耐性、創新性、月光族、肯老族」中的「度、性、族」屬於後綴，也是虛詞。

　　由於虛詞的數量相對比較受限，因此稱爲圈限詞（closed words），而實詞的數量並不固定，隨時會因爲科技或其他物件的發明而逐漸增加，例如近年來層出不窮的通訊科技及電腦科技就爲很多語言增加了不少詞彙，如「網路」（network）、晶片（chips）、「人工智慧」（AI，artificial intelligence）等等都是新詞。因爲實詞隨時都可能會增加，所以又稱爲開放詞（open words）。

複習

1. 請把後面屬於詞綴的圈選出來。

   寒冷的　　緩慢地　　桌子　　阿三哥　　老虎　　野兔
   容忍度　　耐性

2. 請把後面屬於實詞的圈選出來。

   連　　之　　啊　　樹　　亮　　光　　就　　很　　乎

3. 請把後面屬於虛詞的圈選出來。

   書　　窗子　　嗎　　吧　　嗟乎　　因為　　所以
   仍然　　就

4. 請把後面屬於詞基的圈選出來。

   窗子　　可信度　　美麗　　老師　　桌椅　　慢慢地　　好看的

5. 關於漢語派生詞的詞綴特徵，下列敘述何者正確？(2016:11)

   (A) 多半是自由語素，但不可單獨成詞。

   (B) 有旺盛的造詞能力。

   (C) 在詞彙中的位置不固定。

   (D) 沒有標誌詞性的作用。

6. 下列詞綴，何者不能成為名詞的後綴？(2016:14)

   (A) 里　　　　(B) 頭　　　　(C) 子　　　　(D) 性

7. 下列各組中，每個詞語都帶有黏著語素的是：(2023:13)

   (A) 理化、簡化、焚化、變化　　(B) 甜頭、念頭、骨頭、來頭

   (C) 國手、巧手、水手、扒手　　(D) 神氣、傻氣、氧氣、嬌氣

8. 「老師在教室或辦公室嗎？」這個句子中，哪個成分的詞類是實詞？

   (A) 在　　　　(B) 或　　　　(C) 嗎　　　　(D) 以上皆非

詞的結構

　　漢語的複合詞，除了詞基與詞綴的結構之外，還有兩種結構型式，一種是詞與詞結合而成的複合詞，另外一種是語詞的重複結構。

1.詞與詞的結合

詞與詞結合而成的複合詞，就結構而言，傳統漢語學家區分為後述幾種格式：

A.並列結構：在AB結構中，A和B的詞性一致，可能帶有相同、近似（如「明亮」）或相反的語意（如「長短」）。

兩詞語義相同：根本、清楚、光明、粗糙、精細、計算、性格、幸福、轉折、情景、拳腳、典禮、泥沙、尺寸、英雄、要領、功勞、習俗

兩詞語義相反：黑白、高矮、是非、成敗、利害、豐儉、日夜、胖瘦、大小、遠近、深淺、高低

B.偏正結構：在AB結構中，B是整個結構的中心，A多為修飾成分，其中，A可能是B的一部分（如：「花園」，花就在園中，所以「花」是「園」的一部分），這裡的AB也可以是BA（如「桌腳」（腳是桌子的一部分）。更多偏正結構的例詞如後：

黑板、紅心、旁人、青菜、白麵、酸梅、黑棗、朱泥、牛肉、樹葉、麵條、皮鞋、油畫、紅豆、酸雨、土壤

C.主謂結構：「主」就是主語，「謂」就是動詞，因此「主謂」基本上就是「主語加動詞」的結構，如「頭痛」就是「頭在痛」，「頭」當主語，「痛」即為「謂語」。

耳鳴、氣喘、心疼、血崩、兵變、夜靜、命薄、性急、年輕、嘴硬、肉麻、眼紅、膽怯、情長、心煩

D.動賓結構：「動」指動詞，「賓」指「賓語、受詞」，如「吃飯」，「飯」是「吃」的賓語。

造船、挑水、做夢、跳舞、唱歌、寫字、考試、破題、奔波、搧風、賜福、得罪、抱怨、打烊、告別、效勞、提議、埋頭、買單、洗澡、放學、上班、

E.述補結構：「述」就是動詞，「補」就是補語，所以「述補」

又稱為「動補結構」。補語通常表示「結果」，如「打倒」，指把什麼打的結果是倒下去了。

熟透、打死、看破、穩住、急壞、改善、說明、提高、說穿、騙倒、改善、延長、推廣、穿透

以上複合詞的結構方式，也被應用來分析三字詞或四字詞結構，例如「天寒地凍」為並列結構，「潑冷水、指桑罵槐、暗度陳倉」為動賓結構，「龍門陣、空谷幽蘭」為偏正結構，「毛骨悚然、人老珠黃」為主謂結構、「看清楚、搞不定」為述補結構。

複習

1. 漢語語詞結構，通常反映了句子結構。請問後面選項中哪一個是「動賓結構」？

   (A)蘿蔔糕　　　　(B) 流鼻水

   (C)地頭蛇　　　　(D) 媽祖廟

2. 請問後面選項中哪個是偏正結構？

   (A)黑暗　　　(B) 吃飯　　　(C) 牛肉　　　(D) 莫說

3. 請問後面選項中哪個偏正結構的偏在後正在前？

   (A)樹葉　　　(B) 花園　　　(C) 豬肉　　　(D) 國家

4. 下列哪組詞語全都是單純詞？(2017:12, 2020:8)

   (A)朦朧、枇杷　　(B) 讀者、石頭

   (C)教育、社會　　(D) 美人、山川

5. 下列哪組詞語全都是偏正式複合詞？(2020:9)

   (A)紙張、圖畫　　(B) 毛筆、學校

   (C)跳舞、睡覺　　(D) 快速、急忙

6. 下面各選項中全都屬於偏正複合詞的是哪一個選項？(2016:28)

   (A)粗心、雪白、火熱　　(B) 提高、放大、降低

   (C)從容、瀟灑、霹靂　　(D) 端正、優良、美麗

7. 下列各組詞中哪一組全都屬於複合詞？(2016:31)

　　(A)追擊／江湖　　　　　　(B)木頭／眼花

　　(C)紙張／第一　　　　　　(D)彷彿／學校

8.下列哪一個選項的成語語法結構與「退避三舍」相同？(2023:21)

　　(A)夜郎自大　　　　　　　(B)逍遙法外

　　(C)不脛而走　　　　　　　(D)不辨菽麥

9.下列哪一個詞組的結構類型為述補詞組？(2023:22)

　　(A)買了三本書。　　　　　(B)學習唱歌跳舞。

　　(C)希望他努力讀書。　　　(D)激動得流下眼淚。

10.下列哪一組反義詞的結構方式屬於動補式？(2016:10)

　　(A)抓緊／放鬆　　　　　　(B)出席／曠課

　　(C)光滑／粗糙　　　　　　(D)全體／局部

11.固定短語多為四字格式，下列選項何者與「千載難逢」的語法結構相同？(2020:30)

　　(A)勾心鬥角　　　　　　　(B)大雨滂沱

　　(C)龍馬精神　　　　　　　(D)意興闌珊

12.下列關於三字格慣用語的結構分析，完全正確的是：(2020:2)

　　(A)「絆腳石、炒魷魚」為動賓結構。

　　(B)「里程碑、龍門陣」為偏正結構。

　　(C)「流水帳、挖牆腳」為偏正結構。

　　(D)「破天荒、萬戶侯」為動賓結構

13.成語「左鄰右舍」裡「左鄰」與「右舍」的關係為(2017:17)

　　(A)偏正　　　(B)並列　　　(C)動賓　　　(D)主謂

14.下面哪一個不是連綿詞？(2017:19)

　　(A)徘徊／伶俐　　　　　　(B)蚯蚓／躊躇

　　(C)蝴蝶／慷慨　　　　　　(D)蘿蔔／螳螂

2.詞的重複

　　漢語是重複結構非常多的語言，這些形式又可區分為下列幾種：

AA式：這種形式最爲常見，如：行行、走走、看看、白白、輕輕

AAB式：走走看、試試看、好好玩、哇哇叫、常常去、輕輕放、
　　　　重重打

ABB式：試看看、騎看看、玩看看、紅通通、黃澄澄、亮晶晶、
　　　　灰濛濛、嬌滴滴、胖都都、臉紅紅

ABAB式：高興高興、快樂快樂、歡喜歡喜、糊弄糊弄

AABB式：高高興興、快快樂樂、清清楚楚、明明白白、涼涼爽爽

ABAC式：忽高忽下、忽左忽右、怕東怕西、憂天憂地

3.借詞

　　從外國語詞借入的語詞稱爲借詞。歷史上，有兩次大的文化互動，間接促使翻譯興盛，從而借入了許多新語詞。一次是佛教借入時期，以唐宋爲高峰，當時借入了許多梵語語詞，如今還盛行於日常口語之間，如「佛陀、涅槃、如來、琥珀、瑪瑙」，至於更早引入的「葡萄、琵琶、箜篌」等也還在使用。第二次文化互動是五四運動時期的西方思潮，借入了大量的西方語彙，如「巧克力、派對、吉他、比薩、可樂」，甚至還引起來構詞的改變，如「抽象性、恐怖性、可行性、奴隸性」中的「性」或如「抽象化、美化、優化、現代化」中的「化」都已經是漢語構詞很重要的成分。至於從日本借入的語詞也不少，如「物理、化學、經濟、社會、寫眞、達人、潮」。日語的借入詞綴如「月光族、啃老族」的「族」也成爲漢語構詞的重要根據之一。

　　借詞多著重在借入的方式，有經過音譯過來的，如「佛陀、浮圖」是梵語的Buddha，「巧克力」是英語的chocolate，「堤拉米蘇」是義大利語的tiramisu。有些是語譯，如「民主、科學、瓶頸」。有些則音譯和意譯合併，如「米老鼠」（Mickey mouse）。有些則音譯之後，再加上表意義的名詞，如「吉普車」（jeep）。可見借詞並不容易，所以種類繁多。有些詞見證文化的強弱，如現代的「動畫」（來自日語），以前叫做「卡通」（cartoon）。從前小孩能看到的只有像大

力水手那種美式卡通，後來動漫席捲了臺灣年輕人，於是「動畫」遠比「卡通」還常見。

4.其他種類的語詞結構

除了詞與詞的結合、重複之外，還有源自始音結合（acronym）、縮減（abbreviation）、合音詞（blending）等等方式或策略而形成的語詞。

所謂「始音結合」就是從短語的幾個語詞中提出「每個語詞的第一個語音」結合而成的語詞，如英語的WTO：World Trade Organization（世界貿易組織）。漢語的始音結合應該是相對比較近的發展，尤其是Y世代的年輕人在這方面更有創造力。臺灣的年輕人常用的如：LKK（來自閩南語的 Lau Kok Kok）、FBI表「粉悲哀」，後來甚至擴展成每個語詞中抽取一個語詞的方式，如「蛋白質」就是「笨蛋＋白癡＋神經質」、「機毛」就是「機車＋龜毛」等都是很近代的語詞。

「縮減」就是把比較長的短句或語詞，經過刪縮而讓語詞變短，例如「語言學概論」在學生的口頭中，通常減為「語概」，又如「立法院」通常為「立院」、「中央研究院」通常為「中研院」。經由縮減方式而形成的語詞，則淵源流長，自古在許多文獻或語料中，很多人早已把「四十而不惑」逕稱「不惑」，如「不惑之年，到了不惑的年紀」等等用語中的「不惑」都源自於縮減方式的構詞方式。

最後一種是合音詞，即兩個語詞合而為一個音節，例如文言文中的「諸」是由「之於」而來。白話文中的「甭」[péng]就是「不」[bu]與「用」[iung]合併的結果。網路上流行的「醬」[jiàng]就是「這」[zhə]和「樣」[iàng]合併得來的語音，初步變成[zhiang]，後來由於漢語的[zh, ch, sh]不能接介音[i]，而顎化成為[jiang]。不過，最多產的還是兒化韻母，如「筆兒」讀為[piər]，「鼓兒」讀[gur]。

複習

1. 有人會用FBI代表「很悲哀」，請問這是哪種語詞結構方式？

2. 請把後面屬於「縮減」方式的語詞圈選出來。

　　立院　　醫院　　健保　　環保　　媽寶　　高鐵

3. 請把後面屬於合音詞的圈選出來。

　　圓圈兒　　甭　　孬　　麤　　瓜兒

4. 關於外來詞的借進方式，下列各選項兩兩相同的是：(2020:3)

　　(A)苜蓿、馬力　　　　　　(B) 芬蘭、牛津

　　(C)拷貝、雞尾酒　　　　　(D) 鯊魚、迷你裙

5. 下面哪一組詞皆為外來詞？

　　(A)卡通、手機　　　　　　(B) 可樂、比薩

　　(C)麥當勞、狗不理　　　　(D) 打臉、麵包

6. 下列外來詞進入漢語詞彙系統的方式，與其他三者不同的是：

　　(A) 卡通　　(B) 可樂　　(C) 瓶頸　　(D) 叩應

結語

　　本章的焦點在於語詞的分類與結構，所有的語詞都是由詞素結合而成的。所以說「詞素」是語詞結構的最小單位。有些詞素能單獨存在，如「頭、腳、快、慢」成為獨立語詞。有些詞素無法單獨存在，必須依賴其他的詞基，如「白的、大的、臉綠綠的」中的「的」是形容詞標記性詞綴，必須黏著詞基才能出現，也是黏著詞。

　　能單獨存在的詞素又稱為單純詞，因為這些都是由單一的詞素結合而成，如單音節的「明、亮、遠、手」等。單純詞也有雙音節者，如「琥珀、琉璃、葡萄」等，這裡的音節各自都無法存在，所以是兩個音節構成單一的語意單位。有些三音節或多音節的單純詞，如「法藍瓷、馬拉松、喜馬拉雅山」。複合詞則是有兩個或兩個以上的詞素結合而

成，如「地盤、明亮、藍海、牛肉」是爲複合詞。有些複合詞是經由重複而來，如「慢慢地、走走看、看一看」不同的重複方式帶來詞彙結構的多彩多姿。

　　以語法角度，語詞可分爲名詞、動詞、形容詞、數量詞、副詞、連接詞、介詞、感嘆詞等等，這些詞之中，表語法功能者，多沒有固定的或明確單一語意，如「就、跟、卻、因爲、然而」，由於語意不實，稱爲虛詞。虛詞還包括前面述及的形容詞標記「的」還有語法上的時貌標記「著」等等。相對的，形容詞如「遠近、寬狹、高矮」，動詞如「打、罵、譏笑、吶喊」，名詞如「桌椅、飯碗、窗戶、玫瑰花」這些都有相對明確的語意，故稱爲實詞。

第三章

名詞

名詞的界定

　　名詞泛指一切有形無形的東西、事務、觀念、看法、想法、方位時間位置、看得見看不見的想像如龍、鬼等，都能歸類為名詞。不過在語法功能上，反而從句子內的分布來檢測，如：「辯論」，若在「那場辯論很精彩。」中，「辯論」為主語，顯然是名詞。但在「為了咖啡要不要加糖，他和女朋友辯論了半天。」中，「辯論」為謂語，顯然是動詞。

　　由於名詞指涉的對象良多，語法學家於是從各種不同面向，給予分類。常見的有：普通名詞、專有名詞、抽象名詞、方位詞、時間詞、地名場所等等。

名詞的類別

普通名詞

　　一般看得見或相對具體（不具體）的人、事、物的名稱均屬於普通名詞，這也是名詞中最為多數的結構成分。如：山、海、太陽、書桌、窗戶、魚、豬肉、鉛筆、帽子、衣服、手、腳、手表、機車、飛行船、滑翔翼、噴射機、烏克麗麗、電吉他。

　　看不見又不具體的東西，如：鬼、龍、鯤、武功、虎掌、鐵沙掌、元氣等也是普通名詞。

專有名詞

　　主要指特定的地名、人名、朝代名稱、民族名稱、特殊機構、建築名稱，由於其特殊性高，且都帶有固定的專指語義，故稱為專有名詞。

如：山西、成都、臺北、花蓮、李賀、蔣捷、李清照、柳如是、漢、唐、周、瑤族、漢族、布衣族、排灣族、魯凱族、客家人、閩南人、監察院、國家教育研究院、國父紀念館、一零一大樓。

　　有些專有名詞由於常常使用，而變成普通名詞了，如：「說到曹操，曹操就來了。」中的「曹操」指眼前的朋友。又如，「情人眼裡出西施」中的「西施」泛指美女，而非歷史中的西施其人。

抽象名詞

　　抽象名詞指理論或觀念看法想法，通常很難具體見到，但卻很清晰的存在於溝通者之間。例如我們都學過的數學名詞如「思想」，但在現實生活中，很難看到「思想」的存在，而事實上我們的生活幾乎每個層面都受到「思想」的影響。尤其是生活費和收入之間的關係。其他抽象名詞，如：摩爾定律、牛頓的運動定律、公約數、負數、正義、和平、小確幸、可容度、容忍度、流利度、準確性、可塑性、或然率、機率。

物質名詞

　　有一類名詞，專指東西內部的本質或難以量數的名稱，稱為「物質名詞」，如：水、空氣、氧氣、酒精、氣體、流質、湯汁。物質名詞的特性是不能數，但可以量，如一杯咖啡、少了些許氧氣。

方位詞

　　方位詞，顧名思義指的是方向、位置或處所，其中表方向的「東、西、南、北、左、右、前、後」都需要有個定錨點，故常與「朝、向、從、往」等表趨勢的介詞連用，如：向南走、朝北奔、往後跑、從右去。有些處所語，多能用「上、下、中、間、邊、旁」等標示，如：樹上、屋下、空中、林間、河邊、身旁。有些方位處所詞可以連用或共用，如：人群之間、大河旁邊、學校右邊、瓜棚上下、園子左右、房屋前後。表處所的方位詞可以是具體，也能抽象，如「虛無飄渺

間」、「洞天地府」。

時間詞

　　表時間的語詞像年、月、時、分、秒、週、禮拜，相對地指比較明確的時間，如：一年、兩個月、十五時、三點零八分、兩分三十秒等。時間語詞也常與表方向或處所的語詞合用，如：三點左右、兩個月上下、快三十分了。也能和「上、下、前、後、中」等方向詞連接成詞，如：上個月、下禮拜五、前一個週末、兩周後、後兩週、兩個禮拜之間（中）。

複習

1. 請把後列語詞中的普通名詞圈選出來。

　　凳子　　果汁　　咖啡　　紙杯　　紗帽　　酒瓶　　木頭

2. 請把後列語詞中的專有名詞圈選出來。

　　台塑　　華碩　　電腦　　手機　　宏碁　　大武山

3. 請把後列語詞中的物質名詞圈選出來。

　　清茶　　甘蔗　　甘蔗汁　　蜂蜜　　水　　鐵　　木材

4. 請把後列語詞中的抽象名詞圈選出來。

　　理念　　美學　　清風　　明月　　主義　　想法　　美女

5. 請把後列語詞中的時間詞圈選出來。

　　週末　　清晨　　前天　　午夜　　農場　　水岸　　去年

6. 請把後列語詞中的方位名詞圈選出來。

　　天邊　　家裡　　前年　　清明　　空中　　洞內　　板凳

名詞語法功能

　　名詞屬於多功能的語法類別，在句子結構中，主要是充當句子的主語或賓語，不過由於名詞的多樣性，稍微轉化之後還能做定語。

主語

　　名詞的主要語法功能是當句子的主語，如：

⑴風能吹走房子。

⑵那位小女孩跑得很快。

⑶兩個禮拜是很漫長的時間。

⑷十年是很長的時間。

　　前面劃線部分就是句子中的主語。從前面的幾種不同的名詞結構中，也可以看出名詞的其他特性，例如⑵的「女孩」之前的「那位」是指示詞，「小」是形容詞，而這兩項都可稱爲「定語」。換言之，定語指出現在名詞之前的形容詞或指示詞等修飾語。⑶的「禮拜」前有個量詞「兩個」，也稱爲定語。⑷的「十年」是數量詞「十」加名詞「年」。只有⑴的「風」是單純的名詞。

賓語

　　名詞的另一個重要語法功能是當句子的賓語，如後面(5-8)：

⑸阿明看到了老虎。

⑹梅芳買了一隻小貓。

⑺他不小心撞翻了那個花盆。

⑻員工在園裡種了很多花。

　　除了動詞之外，介詞之後也需要賓語，因此出現在介詞之後的必然是名詞或名詞子句，如(9-11)：

⑼對於動物，我並不很了解。

⑽從屋簷往前看，能看到遼闊的田野。

⑾由於小芳的離開，他悶悶不樂。

前面例句中劃線的部分即爲句子中的賓語。

定語

很多名詞再加上「的」之後即可形成形容詞或定語，如：

⑿老虎的爪很銳利。（普通名詞）

⒀窗前的棗樹讓他想起了魯迅。（處所名詞）

⒁離開家鄉後，他常想起六月的山風。（時間名詞）

⒂星巴克的咖啡很貴。（專有名詞）

其他

在句子的應用上，名詞還能充當謂語，如：

⒃香蕉，一公斤十元。

⒄一杯奶茶，一個塑膠袋。

前面⒃句子中的「十元」是個十足的名詞，但在這個句子中，卻充當整個句子中的謂語，表示「一公斤就賣十元」或「一公斤值十元」的意思。

簡而言之，名詞是個固定的詞類，基本上都只能充當主語或賓語。但是名詞卻能因為加上形容詞詞尾「的」（如「鄉村的」、「土狗的」)而變成形容詞，在語法上當定語。至於做謂語的名詞，多用於帶有數量詞的語句中，如「一個人，一個塑膠袋。」這種簡化的語句之中（原本的句子應該是「（每）一個人，（只能分得到）一個塑膠袋。」

複習

1.後面有幾個句子，請寫出劃線名詞的語法功能。

a. 那件上衣是姊姊買給我的。

b. 我想做個杯子。

c. 他僅僅喝了一杯咖啡。

d. 小華不想看電影了。

e. 那間百貨公司很會促銷東西。

f. 不要怕那隻鸚鵡的叫聲。

2. 請寫出後面句子可能被省刪的部分。

  a. 橘子一個<u>十元</u>。

  b. 一個地方<u>一個習俗</u>。

  c. <u>一人一杯</u>。

名詞、名詞短語、名詞子句

正如英語的名詞片語，漢語的短語（也就是高中英文文法上的「片語」)也多由介詞加上名詞而形成，如：校園內、給小華寫信、替他著想。如何知道這些短語是名詞呢？檢驗的方式，通常是看它能否做句子的主語或賓語。且以「替他著想」為例，如：

⑱<u>替他著想</u>讓梅芳找到了舒緩自己的藉口。（主語）

⑲梅芳說今後她再也不想<u>替他著想</u>了。（賓語）

又如「校園內」也可當主語⑳，也可當賓語㉑，可見像「替他著想」、「在春風裡」都是名詞短語。

⑳<u>校園內</u>充滿了朝氣與活力。

㉑我不想進<u>校園內</u>。

至於名詞子句，多半與方位處所、時間有關。如：

㉒<u>在那裏見到她</u>很令人尷尬。

㉓我總是無法忘卻<u>初次見到她的哪一刻</u>。

2. 請標示劃線名詞的句法功能。

　a. 他每天都在想如何過好<u>日子</u>。

　b. 小名想去拜訪<u>婚後的朋友</u>。

　c. 那種<u>令人驚嚇</u>的電影實在不好看。

　d. 他專心想寫一本<u>偵探類的小說</u>。

結語

　　名詞泛指一切東西、事務、觀念、想法、或想像的動植物,不論是具體或不具體,看得見或看不見,都可以是名詞。名詞的語法功能主要是當句子的主語或賓語,至於形式上,名詞能以單純的名詞、或者是名詞短語、名詞子句等方式出現於句子的主語或賓語位置。

　　名詞粗分為普通名詞、專有名詞、物質名詞、抽象名詞等等,其中只有普通名詞可以數,其他名詞多以量的方式或指示遠近的語詞來修飾。如「兩個蘋果、兩杯奶茶、那裏的空氣、很有雅量」,其中「蘋果」是普通名詞,可以數,可以用一個、兩個、三個來數。「奶茶」是物質名詞,不能數,但能用杯子量,所以可用一杯、兩杯來量。「雅量」是抽象名詞,不太能用數或用量的,而用「有、沒有」來表示。至於像「台積電」等表公司型號的稱之為專有名詞,不論「台積電」去到哪裡擴廠,還是叫做「台積電」。

第四章

代名詞

代名詞的界定

　　代名詞有些語法書稱之爲「代詞」，其實它所代表的通常是名詞，所以傳統的英文文法書一概用代名詞來表述。顧名思義，代名詞就是用來代替或指稱其他名詞的一種語法形式。

　　代名詞能指人、事、物，也能區分遠近距離，更可以表單複數的差異，因此代名詞也有不同的分類。在語法上，代名詞和名詞相同，都充當句子的主語或賓語。

代名詞的類別

　　約而言之，代名詞有四種，分別爲人稱代名詞、反身代名詞、指示代名詞、不定代名詞，和疑問代名詞。

　　爲了理解代名詞的語意和種類，先看後面幾個例子：

　⑴過來見見梅芳，<u>她</u>是美國來的朋友。

　⑵我做事大多只顧及國家很少想到<u>自己</u>。

　⑶「我想買那個杯子？」「<u>這個</u>還是<u>那個</u>？」

　⑷「我想見見梅芳。」「你想見<u>誰</u>呀？」

　　前面⑴中的「她」指的就是前面的梅芳，梅芳是人，所以「她」稱爲「人稱代名詞」。⑵中的「自己」指前面的「我」，因此像「自己」這種代名詞，稱爲反身代名詞。⑶的「這個」和「那個」指的是前面講過的杯子，只不過距離店員近的用「這個」代替，距她比較遠的用「那個」，由於這個那個帶有遠近的標示功能，所以稱爲「指示代名詞」。

至於(4)的「誰」顯然指的是前面的梅芳，由於這是個問句，所以這種代
名詞稱爲「疑問代名詞」。

人稱代名詞

　　人稱代名詞有人稱（第一人稱、第二人稱、第三人稱）與單數、複
數之別，另有主格、賓格、所有格等差異，概括如後：

(5)人稱代名詞的單複數與格

數	格	第一人稱	第二人稱	第三人稱
單數	主格	我	你／妳	她／他／它
	賓格	我	你／妳	她／他／它
	所有格	我的	你／妳的	她／他／它的
複數	主格	我們	你／妳們	她／他／它們
	賓格	我們	你／妳們	她／他／它們
	所有格	我們的	你／妳們的	她／他／它們的

這裡的妳、她（前兩者對女性稱呼）、它（對無生命的第三物或事的稱
呼）等都是後來（一九三〇年代）創作出來的現代用詞，在宗教上還有
人用「祢、衪」表示對神的崇敬。另外，雙方之間爲了表示敬稱，晚輩
對前輩還常用「您」表示尊稱。在相聲裡，爲了尊稱不在的第三人稱，
還有「怹」的用詞。至於常在口語中使用的「倆」，通常只特別表示倆
人之間的情誼，可用於第一、第二、或第三人稱，如「我們倆、他們
倆、你們倆」。

　　此外，所有格的標記「的」有時也可省略，如「我們家人，他們教
室，你們園子」。後面是這些人稱代名詞的用法示例。

(6)

　　a.他要我跟妳說妳不用再去理會那小子了。

　　b.「你養的貓呢？」「我把它送給小林了。」

c.下雨了，那隻貓還在外面，我們不能置牠於不顧。

d.小林很久沒來看我們了，真想念他。

e.我們倆共患難共享福，真正是好朋友。

f.我們先吃吧，不要管他們倆。

g.我們家園子水果多的是，多吃點吧，不必客氣。

h.神啊！請祢賜我們幸福快樂吧！

漢語的人稱用法也並非如此固定，有時候也常用以泛稱，而不必然是表人稱，如「大家聚在這裡，你講一句，他講一句，這樣總無法得到共同結論的。」這裡的「你」、「他」都泛指有人。又如「他們夫妻倆彼此不讓步，總是你來一句，我反一句，難怪這麼有默契。」這裡的「你」若改為「他、我」也沒有問題，後面的「我」也沒有特別指哪個人稱。

人稱代名詞也在政治或文學上常被引用，最有名的是「他者」，表示群體或團體以外的人。而「人家」也可表示第一人稱或第三人稱，如：

(7)

a.人家不跟你講啦！（第一人稱）

b.不要太相信人家講的話，心中應該有自己的準則。（第三人稱）

c.人家都不信任我，我還講什麼？（可以是第二人稱，也可以是第三人稱。）

因為有「他者」的隱喻，漢語還用「別人」、「旁人」、「他人」來標示你我以外的其他人，如：

(8)

a.講話總要顧及別人的感受。

b.這件事我自己負責，不需要他人閒言閒語。

c.他把老母親送去養老院，旁人都不方便講話。

d.我自己承擔了所有照護工作，誰還能指指點點呢？

前面(8)中的別人、他人、旁人、誰，其實都指他者，而與講話

者、聽話者無關，泛指其他的人。由前面的分析與討論，可知漢語的人稱代名詞，有複數標記「們」，也有所有格標記「的」，在少數的場合中，敬語標記如「您」[nín]、「恁」[tan] 也會有人使用。此外，第三人稱有不同的漢字表記，如：她、他、它、祂、牠等用字差別，但都讀為[ta]。

複習

1. 請問後面句中畫線部分為＿＿＿＿。「我們想請妳們共同來參加派對。」
   (A) 第一人稱 　　　　　(B) 第二人稱
   (C) 第三人稱 　　　　　(D) 無人稱
2. 請圈選出後面所有格被省略的語詞。
   a. 他們家人都喜歡去爬山。
   b. 我們老師最想去拜訪阿明家。
   c. 有空來看看我們學校的設施。
3. 試解釋後面「人家」的不同指稱。
   a. 「妳快決定要不要嫁給我？」「人家不能做決定嘛。」
   b. 討厭鬼，你去看看人家是怎樣對待我的？
   c. 妳不用去管別人家的事。

反身代名詞

　　英語的反身代名詞-self，通常無法與人稱代名詞分開，如myself（我自己），himself（他自己），yourself（你自己），顯然反身代名詞與人稱代名詞關係很近，但漢語的反身代名詞各自用「自己」來表示，不過其特性卻是與人稱代名詞連用，如：

(9)
　　a. 我無法只想到（我）自己。
　　b. 阿明做事向來只考慮到（他）自己的利益。

c.你應該好好思考自己未來要做的事業。

d.我們應該做自己，不用在乎他人的看法。

前面(9a)的「我」通常可以省略，但在焦點集中的情況下，像(9b)的「他自己」會被視為單一個語詞。反身代名詞也可以直接置於代名詞之後，具有加強語氣的功能，如「這篇論文很難看出作者自己的觀點和看法。」，又如「阿明自己也覺得這個行為很幼稚。」

(9d)的「自己」指「自己的想法或作法」，這在目前百業工作均等的社會背景之下，很多年輕人奉為人生的圭臬。

有些情形下，「自己」能單獨使用，通常是在口語之中(10a)，或者是在格言式的警語之中(10b)。

⑽

a.在社會工作，外在因素太多，很難做自己。

b.要吃飯，自己拿，別客氣。

c.來到這兒，就當自己家裡一樣。

在漢語的使用範疇內，通常會有很多狀況下使用「自己人」，用以拉近情感(11a)，或者解決困難之時(11b)，因為這種情況下，讓對方卸下心防是很重要的語言藝術，如：

⑾

a.各位鄉親都是自己人，總要支持自己人嘛，對不對？

b.唉呀，都是自己人，有什麼話慢慢講吧！

漢語的反身代名詞，可以有先行詞，如：「阿美很喜歡她自己的裝扮。」這個句子中的「阿美」就是「她自己」的先行詞。反身代名詞也可以沒有先行詞，如：「自己做事自己要擔當。」。漢語的反身代名詞，可以和人稱代名詞共同使用，如前一句的「她自己」。

複習

1.有關漢語人稱代詞「人家」的用法與指稱，下列何者與其他三者不同？

⑷別再問了！人家不會就是不會嘛！

⒝人家的事你不用多管，趕快走吧！

⒞我聽人家說：妳準備今年出國讀書？

⒟不要為了自己方便，造成人家的不便。

2. 請指出後面幾個自己，在語意、用法上有何區別？

　a. 我們出門在外當然要照顧自己人。

　b. 他很會裝扮自己。

　c. 他自己會處理那個意外事件。

指示代名詞

　　指示代名詞雖然只有近指的「這」和遠指的「那」，不過卻有單複數之分，又能與地點、時間、方式、程度等有關，因此可以簡單地歸類為後表的形式。

⑿指示代名詞的類別

指示詞	近指		遠指	
	單數	複數	單數	複數
a. 事務、人	這	這些	那	那些
b. 時間	這會兒	這些會兒	那會兒	那些會兒
c. 地點	這裏、這兒		那裏、那兒	
d. 樣式、程度	這樣、這麼、那樣、那麼			

　　先看「這」、「這些」和「那」、「那些」的用法：

⒀

　a.這是我的老朋友吳影人。

　b.那是吳影人帶來的人。

　c.這，我無法處理，你找別人吧！

　d.那，你就太見外啦。

　e.那些是什麼話呀？我肯定是會幫你解決的。

f. 不要再講這講那，快來吃飯吧。

從(13a)與(13b)可以看出，指示代名詞若指人的時候，多用於「是字句」，也就是「這是什麼人」的句型之中。再如「我的朋友老陳就是這樣的人。」(13c)與(13d)中的「這」指的是一件事，通常指對方提出的問題或困難，在這種情況之下，用「這」用「那」語意相同，例如(13c)也能講成「那，我無法辦，你找別人吧！」。(13e)與(13d)相同，只不過(13e)用了複數的「那些」，表示「什麼話」很多。最後，我們看到(13f)，這裡的「這」和「那」並非定指，而是泛指，表示「所有的是是非非」。指示代名詞的這種泛指用法，時常引起對話之間的曖昧，如：

⑴

小英：「喔！小王，還記得我上次跟你提過的那個嗎？」

小王：「哦？那個啊。好吧，交給我處理，不會有事的啦，你不用太那個。」

小英：「我當然不會那個啦，老朋友嘛，會那個就不會這個。不是嗎？」

小王：「你是了解我的，對於這個我總會那個的啦。」

對於⑴中的這個，那個，都僅存在於講話者兩人心中，彼此互照不宣，但對於外人而言，這種對話簡直毫無重點，完全無厘頭，沒有透露絲毫訊息。這就是指示代名詞在溝通上常會引起誤會的主因，所以常被作家或劇作家善加發揮應用。

表時間的指示詞如「這會兒」表示當前的短暫時刻，相對的，「那會兒」表過去的某個時刻，通常卻會是比較長的時間，如：

⑴

a.這會兒可能趕不上火車了。（這下子）

b.這個季節，早上時間就只這會兒下的雨稍為緩和些。

c.想起那會兒，我們都要靠美援過日子。（那些時候，那段時間）

d.我上國中那會兒，全校都要穿制服。（那時候，那段時間）

前面(15a)和(15b)的「這會兒」與「這下子」、「這小片刻時間」約略相同，指比較短暫的時間。而(15c)與(15d)則相對地指比較長的時間，與「那時候」相近似。

表地方的「這裏、這兒」與「那裏、那兒」的差別指在近指和遠指，都能做主語、賓語、補語、定語，如：

(16)

a. 這兒有花有草，大家就坐下來休息吧。（主語）

b. 他習慣看這裡，不習慣看那裡。（賓語）

c. 他就住在這兒。（補語）

d. 張先生常來幫這兒的花寫生。（定語）

至於表程度或樣態的「這麼」、「那麼」並沒有遠指近指的差異，都表「如此」之義，相當於英語的so。這種語義的「這麼」、「那麼」能在句子中做補語，修飾副詞、形容詞、動詞，也能與比較語詞連用，如：

(17)

a. 他講話向來就這麼（那麼）誇張。（修飾副詞）

b. 梅芳喜歡穿那麼（這麼）有色彩的服裝。（修飾形容詞）

c. 昨晚大家都很高興，小美就這麼（那麼）歡唱終宵。

d. 小華已經長得這麼高了。

「這麼」、「那麼」也用來表示一大片或一整個單位的東西或內容，如「他畫過那麼一大幅油畫。」不過由於經常使用，「這麼」、「那麼」也漸漸變成了轉折語詞，讓講話者作為轉移焦點或轉移話題的潤滑劑，如：

(18)

a. 這麼說來，我們之間還是存有很大的歧見。

b. 既然你那麼說，我就這麼辦好了。

最後表程度的「這樣，這麼樣，那樣，那麼樣」也沒有太大的遠近指差異，重點僅在修飾形容詞(19a)或動詞(19b)，如：

⑲

　　a.他那（麼）樣樂觀，這種困難應該能坦然面對的。

　　b.參加銀髮族肌力運動後，大伯父走路再也不會這（麼）樣吃力
　　了。

　　c.幾年不見，他竟然瘦成這（麼）樣。

　　d.這樣很理想，我可以接受。

(19c)的「這樣、這麼樣」為句子的補語，表示有點訝異的樣態。
而(19d)的「這樣」指的必然是某種名詞如「這樣建議，這樣計畫，這
樣規劃」只是後面的名詞被省略了，可說是很典型的代名詞。

　　準此，與「這」、「那」所形成的指示代名詞，雖然源自於距離的
遠近差異，但在日常生活的語言使用方面，這種遠近的差異多半僅是心
理上的認知，並無法實際反映具體事實上的距離。

不定代名詞

　　代名詞也能指不定數量的名詞，如：

⑳

　　a.病患之中，<u>大部分</u>都先有咳嗽後來才轉為呼吸困難的現象。

　　b.<u>幾杯</u>不至於就醉了吧？

　　c.書我是看了<u>很多</u>，但也忘了<u>不少</u>。

　　d.你想要<u>多少</u>，就拿去吧，不用客氣。

　　e.他才邀了<u>幾個</u>，沒想到卻來了<u>這麼多</u>。

　　f.幾年沒見，他竟然變得<u>這麼高</u>了。

　　g.「小孩是不是拿了太多食物了？」「有點多。」

不定代名詞大都是不定形容詞演化而來，例如前面(20)的幾個句子中，
「很多、不少、多少、幾個、這麼多、幾杯」等等都沒有特定的數量，
而且在句中當主語(20a, b)，賓語(20c, d, e)，補語(20f, g)。不過，不定
代名詞的用法大都是代替上下對話之間已經講過的名詞，這也是代名詞
的基本功能。

複習

1. 請分別說明以下兩個句子表達什麼意思，並分析兩句中「穿多少穿多少」的語法結構 有什麼不同。(2022:ii(2))

   a. 冬天能穿多少穿多少。　　　　　b. 夏天能穿多少穿多少。

2. 試比較後面幾個「那麼」，並指出其語意和用法的異同。

   a. 你別那麼客氣，想要多少就拿多少去吧。

   b. 你既然那麼說，我也就不客氣啦。

   c. 他的情況那麼糟糕，怎麼老夫人還讓他長途跋涉而來？

   d. 你想那麼辦，就那麼辦吧。

疑問代名詞

　　疑問代名詞與問句很有關聯性，通常能問人（什麼人、誰）、事（什麼）、時（什麼時候，何時）、地（什麼地方、哪兒）、方法（什麼方式、怎麼、怎麼樣、如何）等等。我們先看最核心的「什麼」。

　　「什麼」是最典型的疑問代名詞，在句子中它可以作主語(21a)、賓語(21b, c)、補語(21d)，如：

⑵1

　　a. 什麼讓你這麼煩惱？（主語）

　　b. 你還想要吃什麼？（賓語）

　　c. 你最喜歡什麼？（賓語）

　　d. 你看看，你把自己搞成了什麼啦？（補語）

　　我們在(21)中給了兩個當賓語的句子，原因是要檢視「什麼」能代表或代替那些名詞。(21b)的「什麼」是「吃」的賓語，所以這裡的「什麼」只能代表能吃的東西，如：飯、水果、水、肉等等，但不可能是石頭之類不能吃的東西。然而(21c)的「什麼」是「喜歡」的賓語，可以表任何看得見或看不見（如：太陽能、鬼、龍）的東西，範圍非常的廣闊，包括人（如：我喜歡小明。）、事（如：我喜歡講故事。）、

時（如：我喜歡下課時間。）、地（如：我喜歡合歡山。）、方式
（如：我喜歡那樣做。），這也是爲何人事時地物都可以用「什麼」來
表示的主因。也因爲如此，「什麼」最常見於「定語」位置，如「什麼
人、什麼事、什麼時間、什麼地點」中的「什麼」都扮演「定語」的功
能。(21d)的「什麼」是補語。

　　表人稱的疑問代名詞常用的是「誰、什麼人、哪位」，這些都與
「什麼」相同，可以做主語(22a)、賓語(22b)、補語(22c)，如：

㉒

　　a.哪位能幫我解決這個問題？

　　b.你想見誰？

　　c.我成了什麼人啦？

不過，「誰、什麼人、哪位」在很多情形下並沒有很特定的指代對象，
如：

㉓

　　a.這種困難任誰都無法解決。

　　b.什麼人會做下這麼傷天害理的事呢？

　　c.哪位會想到這種結局呢？

　　由此可見，漢語的「什麼人、誰」相當於英語的who，whom，
whoever，whomever等的結合體，在語法使用上具有多種功能。

　　表地方的「哪兒，哪裏」與表時間的「哪時、什麼時間」，用法頗
爲類似，也多能當主語、賓語、定語、補語。如：

㉔

　　a.哪兒有開會的場所呢？（主語）

　　b.去哪兒我都不要。（賓語）

　　c.你這是講哪兒的話？（定語）

　　d.小明就住在哪兒，有空跟他窮聊天呢？（補語）

　　e.哪時（什麼時候）能啓動這項計畫？（主語）

　　f.對於哪時我並沒有很堅持的定見。（賓語）

　　最後一個疑問代名詞是表程度的「怎麼，怎樣，怎麼樣，如何」，這四個指代詞用法大都相同，比較少見於主語、賓語（名詞成分）(25)，通常還是在句子中還是當定語(26)。後面例句中的()表示可刪也可不刪。

⑵⑸

　　a. 怎（麼）樣才會讓你發脾氣呢？（主語）

　　b. 你看怎（麼）樣？（賓語）

　　c. 你到底想要怎麼樣？（賓語）

　　d. 我想看到底會變得如何？（補語）

⑵⑹

　　a. 你的男朋友到底是<u>怎麼樣的</u>男人呢？

　　b. 我<u>再怎麼樣窮</u>也不會去求他接濟。

　　就語法而言，(25b)並非全然是賓語，還可能是補語的成分居多。但是(25c)才是道地的賓語。

複習

1. 下列劃線部分哪個是疑問代名詞？(2020:18)

　(A)你想說<u>什麼</u>就說什麼。　(B)這個時候，我<u>什麼</u>都不想吃。

　(C)你上市場買了<u>什麼</u>？　(D)到了眷村，我會點<u>什麼</u>來回憶口味。

2. 疑問代詞有時不表示詢問，而表示任指、虛指、不定指或反問。下列劃線語詞括弧裡的說明何者正確？(2017:24)

　(A)去<u>哪兒</u>吃飯都行。（不定指）

　(B)缺乏共識，<u>誰</u>也說服不了誰。（虛指）

　(C)說話呀！裝<u>什麼</u>啞巴！（反問）

　(D)他走路不小心，給<u>什麼</u>絆倒了。（任指）

結語

　　代名詞是用以取代名詞的語詞，由於是取代名詞的關係，在語詞歸類上還是屬於名詞，在句法功能上主要是當主語或者是賓語。代名詞根據用法粗分為人稱代名詞、反身代名詞、指示代名詞、不定代名詞、疑問代名詞等。人稱代名詞指的你我他、你們我們他們等，也含反身代名詞如我自己、他自己、你自己、自己等各種用法，都是平時常用的口語重要語詞。

　　指示代名詞表遠近的關係，如「這、那、這些、那些、這裡、那裡」，近的用「這」，遠的用「那」，不過在生活的空間，可能講話者與聽話者對於標的物的遠近相反，所以常常帶來講者的「這」，就是聽者的「那」，在語用方面特別值得留意。由於指示代名詞泛指遠近的物體，所以也常用「這、那」表示不明確指定的對象，如「今天就單只忙這忙那，就忙了一整天。」不定代名詞通常是由不定形容詞而來，特別是不定形容詞後面的名詞刪除之後，直接就變成代名詞了。

　　至於疑問代名詞，通稱來指示人、事、時、地、物，在漢語這些都以「什麼」為前導形容詞，如「什麼人、什麼事、什麼地點、什麼時間、什麼東西」，甚至用「什麼方式」來取代「如何」。

第五章
形容詞與關係子句

形容詞的界定

　　形容詞用以描繪、形容、修飾名詞（人、事、物）的外形（大小、長短、方圓、寬窄）、特性（軟硬、厚薄）、狀態（光亮、陰黑、鮮豔、暗沉），也用以述說或模擬聲音的特質。

　　漢語的形容詞有個很明確的標記「的」，即使平日生活中常用的形容詞如「長、紅」還是會加「的」，如「長的，紅的，大的」。在人稱代名詞之後加「的」就形成了所有格，因為所有格之後都接名詞，因此「我的，你的，她的」又稱為所有形容詞，或所有代名詞。

　　⑴

　　　a.這些書是我的。

　　　b.我的書就那些而已。

　　⑴中的兩個例句正好是形容詞的兩種語法功能，(1a)的「我的」當謂語的一部分，而(1b)的「我的」是定語，主要是修飾後面的名詞。這兩種用法是形容詞主要的語法功能。

　　另一種形容詞表遠近指，這與指示代名詞相類似，只是指示代名詞具有名詞性質，在句子中作為主語、賓語、補語，但是指示形容詞則為定語。試比較：

　　⑵

　　　a.這些都很重要，還可能引起家族的紛爭呢。（主語）

　　　b.那些會導致汙染，最好不要採用。（主語）

　　　c.這些資料都很重要，有可能引起家族紛爭。（定語）

　　d.時間有限我來不及看<u>那些</u>產品。（定語）

　　前面(2a）和(2c)最能顯示指示代名詞(2a)和指示形容詞(2c)的差異。(2a)可能指的是資料、地籍、產權、契約等等，但是句中僅有表明<u>那些</u>東西很重要。不過，(2c)則明確地指出主語是「資料」，「這些」扮演定語的功能，是十足的形容詞特性。

複習

請把後列句子中的「主語」和「定語」圈選出來。

a. 小華不想再去碰那些有毒的砂石。

b. 那些位於學校附近的房子都很漂亮。

c. 我想把漂亮的禮物送給外婆。

d. 我所有的書都捐給圖書館了。

形容詞的類別與形式

形容詞的類別

　　除了前一小節所述的所有格與指示形容詞之外，形容詞還有幾種類別：性狀形容詞（大小、寬窄、美醜）、不定形容詞（如：一些、多少、部分、任何）、數量形容詞（如：20個、第三）、擬聲形容詞（如：潺潺的、喃喃的）等四種。有些語法書的形容詞分類更多，但本書認為這些都不必要的，重要的還是以前述的四種即可。後面將介紹性狀形容詞、不定形容詞、數量形容詞、擬聲形容詞。

1.性狀形容詞

　　描述人事物的外形和特性的形容詞稱為性狀形容詞，如：「高、矮、紅、黑、美、俊、瘦、重、厚、薄；美麗、漂亮、高挑、紅潤、帥氣、厚脣、單眼皮、鷹勾鼻、紅通通、亮晶晶」等形容詞都是範例。

　　應用在句子內，這些形容詞約有兩種用法，其一，限定形容詞

用，出現在名詞之前，也就是一般語法書上所謂的「定語」(3a-d)。做定語的形容詞大都會加「的」(3c-d)。另一種稱為補敘形容詞，通常出現在名詞之後或句尾，當補語用，多半會有形容詞的標記「的」(4a-c)。

(3)

　　a. 他住那棟<u>高高的</u>大樓。

　　b. 她那<u>美麗的</u>頭髮不知迷倒了多少男人。

　　c. 梅芳只喜歡<u>雙眼皮的</u>男孩。

　　d. 張先生出門不會忘了帶那根<u>亮晶晶的</u>手杖。

(4)

　　a. 冬陽下她的容顏向來都是<u>紅潤的</u>。（紅潤的容顏）

　　b. 她的頭髮<u>又長又亮</u>。（又長又亮的頭髮）

　　c. 小明的行為舉止<u>落落大方</u>。（落落大方的舉止）

　　性狀形容詞也可表示心裡認定的心理或感覺狀態，如：「難、易、快、慢、艱困、簡單、快速、緩慢、霎那間、難如登天」等等。在句子中，狀態形容詞與性狀形容詞的用法相同：

(5)

　　a. 能通過托福考試實在是<u>不容易的</u>事。（定語）

　　b. 她在法院度過<u>緩慢的</u>一天。（定語）

　　c. 她的房間總是很<u>乾淨</u>、很<u>明亮的</u>。（補語）

前面(5)中的「不容易的」、「緩慢的」都是心理感覺，每一天都是二十四小時，但在法院裡等待判決或聽律師辯論，心理都不好受，因此覺得時間過得非常緩慢。像「很明亮的」也可以當補語用，如(5c)。

　　所有的性狀形容詞都能透過比較的方式，所以都有比較級或最高級，也都能用於比較句。如：

(6)

　　a. 梅芳運動後比以前（更）年輕（美麗、漂亮、有活力）。（自己的比較）

b.蔣伯伯比我爸爸大。（兩人的比較）

c.他家的門是社區裡最寬大的。（最高級）

d.我認為小華是班上最可愛的學生。（最高級）

形容詞的比較衍生了比較句的常用句型。原則上，還是有原級、比較級、最高級等三個類別。

原級的比較又有兩種：肯定（A與B一樣……）、否定（A與B不一樣……）。這個句型只是簡單的歸類，其間還有很多應該注意的變化（可以參閱第十六章），先看例句：

⑺

a.小明跟小華同樣高。

b.小明跟小華不一樣高。

c.小明不跟小華一樣高。

d.小明沒小華那麼高。

e.小明跟小華一樣高嗎？

前面例句中，(7a)是最常見的句型，其中的連接詞可能「和、與、跟」，表原級的副詞可用「同樣、一樣、同、一般」。原級比較的否定句可用(7b)、(7c)，不過最常見的反倒是(7d)。

比較級常用的句型為「A比B……」，如：

⑻

a.小明比小華高（一點、高十公分）。

b.小明比小華還要高。

c.小明沒比小華高。

d.小明並不比小華高。

前面(8a)是最常見到的漢語比較句型，「比」前面通常還能加「遠、還」（如：小明遠比小華高得多（些））。(8a)的「一點」、「一點點」、「些」等副詞，需要看情形而定。「一點點」當然比「一點」還要少些，若用「些」則為中性的語氣，也因此「些」最常用。然而日常的口語，還是用「還要、更」來表示，如：「小明比小華還

（要）更高些。」(8c)和(8d)則爲否定句的表現方式。否定的副詞，通常用「多少」，如：「小明並沒有比小華高多少。」

漢語的最高級通常就是用「最」來表示，如：「小華是班上最高的同學。」否定則用「並非……最」來表示，如：「小華並非班上最高的同學。」

性狀形容詞也可透過重疊（重複）方式來表現，如：

a. AA的：亮亮的、白白的、藍藍的、輕輕的、胖胖的、黑黑的

b. AABB的：乾乾淨淨、清清楚楚、明明白白、形形色色、匆匆忙忙、慌慌張張、林林總總

c. ABAC的：各式各樣、各種各類、不情不願、不干不脆、一五一十、一開一合

d. ABAB的：矮胖矮胖的、尖酸尖酸的、筆直筆直的、腥臭腥臭的

以上的重複形容詞中，以「ABAB的」形式特別值得留意，就是主要充當謂語，少數充當定語，而且在語意上帶有「稍微……」的意思，如：

(9)

a. 他的小孫兒矮胖矮胖，很可愛。

b. 他從運動場回來，帶著腥臭腥臭的味道。

以上就是有關性狀形容的結構。簡而言之，形容詞多用爲句子中的定語，用以修飾、限定、或描繪後面名詞的特性。

複習

1. 請標示後列句子中劃線形容詞的語法功能。

　a. 那串掛在門口的風鈴亮晶晶的。

　b. 從他的氣質來看，他家用杯必然是很有質感的。

　c. 走回家鄉他最喜歡那個狹小彎曲的小巷子。

　d. 他就只記得她的眼睛是藍藍的。

　e. 小明遇見又高又壯的阿文。

2.請仔細觀察後列的比較句的不同形式，並以「劉備的手比關公的長了兩
公分。」為例，寫出其他可能的比較句。

a. 小華比小芳高兩公分。

b. 小華高小芳兩公分。

c. 小華比小芳高了兩公分。

d. 小芳比小華矮了兩公分。

e. 小華比小芳還要高兩公分。

f. 小芳比小華還要矮兩公分。

2.不定形容詞

　　不定形容詞與第四章的不定代名詞相同，指的是數量、大小、形狀
沒有特定的形容詞，如「多、少、大量、一些、部分、最多、任何、少
許、一點、一點點」。不過不定代名詞作主語（如「多少沒關係，就只
要來一點。」）、賓語（如「我只想喝一點。」）、補語（如「那不過
是少部分而已。」），但是不定形容詞主要做定語。先看後面的例句：

⑽

　　a. 我只需要一些糖分來補充能量。

　　b. 那一些人向來不講理，別跟他們打交道。

　　c. 我想跟你借些學生來當觀眾充場面。

　　d. 我剛剛跟老王買了少部分土地。

　　e. 小姐，請幫我加少許的糖。

　　不定形容詞可用於修飾可數的（如學生、人）和不可數的（糖）名
詞，但也當名詞用在句子內做主語、賓語、補語。

⑾

　　a. 有些狗會咬人，有些不會。（主語）

　　b. 我不喜歡部分，而想要買全部。（賓語）

　　c. 我要的僅僅只是少許而已。（補語）

　　雖然不定形容詞的特性就是「不定」，例如「多」可能只是三條金項鍊，「少」也可能有幾百顆花生，換言之，多或少是無法限定的。因此，「多」和「少」都只是心理上的主觀認定，兩者都屬於「相對性相反詞」（relational antonym）。同樣的，「一些」也僅是個量詞，但在大多數民眾的溝通上，並不會帶來太大的困擾。相對而言，比較會帶給外籍學生困擾的通常是「一點」和「一點點」，「一些」和「一些些」的差異。後面是一段有趣的對話：

⑿

　　a.「老闆！能給我一點胡椒粉嗎？」

　　b.「沒問題，要多少？」

　　c.「一點點就夠了。」

　　d.「你到底是要一點還是一點點？」

　　「一點」通常指「不多，稍微」，「一點點」也是表示不多，但是兩者比較之下，「一點」還是比「一點點」多。因此，(12c)可以看出講話者的客氣，但對老闆而言，她很難細分講話者口中的「一點點」到底是多少。由於省略了胡椒粉，使(12d)的「一點」與「一點點」都成了不定代名詞了。

　　簡而言之，不定形容詞通常指的是沒有固定數量的修飾語。大家在這裡會感到奇怪，既然都「不定」，如何區分呢？其實在日常生活中，這些不定形容詞鮮少帶來溝通者彼此之間的誤會。這是因為講話者和聽話者都有共同的文化背景的緣故。

複習

1.請看後列的句子，並圈選出不定形容詞。

　a.她只能喝很少許的咖啡。

　b.我給她一部分糕點，但她也僅僅吃了其中的小部分，大部分則都沒有動。

　c.她生日舞會邀請的人不多，但大部分的都說有事，害她有點擔心人不

　　夠，所幸當天來的人並不少，使她鬆了一口氣。

2.試比較「一點點」和「一點」，是多一點的比較多還是少一點的較多？

3.你還能想得出那些與「一些些」和「一些」相類似的語詞？

3.數量形容詞

　　數量形容詞中的「數」指數字，「量」指量詞，如「個、隻、杯、條」，所以數量形容詞通常包括了數字和量詞。與其他形容詞的性質相類似，數量形容詞通常做定語，修飾也限定了後面的名詞。不過，數量形容詞也能省略後方的名詞，充當主語、賓語、補語。

⒀

　　a.他在桌上擺了一盆玫瑰花。（定語）

　　b.他在旅途上特別買了一只茶壺。（定語）

　　c.一杯不夠啦，再來一杯咖啡。（主語）

　　d.我只想要吃一碗。（賓語）

　　e.不過只是一小杯，沒什麼大不了的。（補語）

　　由於漢語的數詞在讀音方面還有些許特性，我們將在後一章另行解說。不過，在語法上，數量詞通常是相對固定的用法。

4.擬聲形容詞

　　另有一類形容詞專用來表示各種聲音，如「潺潺的、喃喃的、哦哦的、轟隆轟隆的、啾啾的、呱呱叫、唧唧唧、咯咯咯、咯咯笑、嘻嘻笑」等均為修飾聲音的形容詞。鳥叫聲多為「啾啾的樂音」，母雞的叫聲多為「咯咯咯」，噴射機通常聲音為「轟隆轟隆的」叫聲。各類動物各有不同的表音方式。

　　不過應該留意的是，西方和東方人聽到的同一個聲音，卻往往用不同的狀聲詞，例如開槍，英語用bang, bang，我們用「砰砰砰的」。火車聲，英語用chug，漢語用「匡啷匡啷」，可見擬聲形容詞一方面頗具文化意義，另方面卻又任意性很大。

複習

1. 請寫出後面物體的數量詞。

  a. 書桌

  b. 汽車

  c. 報紙

  d. 手機

  e. 珍珠奶茶

2. 請寫出可能修飾後面事物的擬聲詞。

  a. 關門聲

  b. 流水聲

  c. 汽車聲

  d. 奔跑聲

形容詞的結構

前面已經講過，漢語的形容詞標記是「的」，因此單音節、雙音節、多音節、或者是透過重複，或者是詞基接詞綴，都能加上「的」。後面是各種形容詞的結構方式：

(14)

  a. 語詞+的

亮的、明的、暗的、方的、圓的、長的、寬的、胖的、澀的、甜的、光明的、黑暗的、湛藍的、誨澀的、透明的、咕哩咕嚕的、稀奇古怪的、光怪陸離的、五顏六色的

  b. 語詞（顏色、質量）+AA (A=狀詞，像……的樣子)

亮晶晶的、陰森森的、灰濛濛的、酸溜溜的、甜蜜蜜的、紅通通的、暖洋洋的、黑漆漆的

  c. 聯綿詞

荒唐的、踟躕的、猶豫的、纏綿的、浩蕩的、參差的

d. 重複結構

冷冷的、清清白白的、有聲有色的、不理不睬的、形形色色的、冷冷冰冰的、不三不四的、有稜有角的

以上也僅就常見的構詞方式來解說，事實上，多數語詞都能加「的」而轉化爲形容詞，如：臺灣的亮點，上個世紀的風華，久遠前的習俗，地獄中的景象。可見方位或地方詞（臺灣），想像中的名詞（地獄中），歷史上的時代（上個世紀）等都可以經由「的」的綴加而形成形容詞。

複習

1. 請把後列句子中的形容詞圈選出來。
   a. 她想買一枝漂漂亮亮的鋼筆。
   b. 她頭戴圓帽，手上套著亮麗的白手套，腳下則是樸素的紅鞋，臉上帶著燦爛的微笑，走著小碎步，穿過長長的門廊，落落大方地面向群眾。
2. 請把後列句子中的重複結構形容詞圈選出來。
   a. 那位矮矮的嫌疑犯，臉上陰森森的，帶著沉沉的手銬，穿著不三不四的服飾，整個人邋裡邋遢，記者問他話，盡說些不倫不類的回應，不過據說他是買空賣空的老手。
   b. 他人高高的，牙齒亮晶晶的，頭髮金黃金黃，喜歡批評形形色色的社會人物，尤其愛炫耀他做過的各行各業的經歷。
3. 關於形容詞的疊詞描述，下列**何者有誤**？（2020:8）
   (A)雙音節形容詞都能以 AABB 構成重疊式。
   (B)疊詞如能以 ABAB 形式呈現，則會產生轉類現象。
   (C)形容詞重疊之後語義多有強化的效果。
   (D)「的」常伴隨單音節形容詞所構成的重疊。

形容詞的語法功能

　　形容詞在句子結構中，主要是修飾名詞，或者說是界定名詞，所以最大宗的語法功能是做定語。但漢語的形容詞另一個很值得注意的是，大多數的性狀形容詞都能當謂語（如：「他很高，她很亮麗，她美麗大方」。由於形容詞主要的功能在修飾名詞，而名詞又常遭到省略，使原來的形容詞帶有很大的名詞性，故可充當主語、賓語、補語。在英語中，也有這種現象，例如The rich like charity（富者多願意行善。）

定語

　　「定語」是語句結構中的專有名詞。早期的語法書稱為「定詞」，但最近的語法書都改用「定語」。定語者，指位於名詞之前的修飾性形容詞。如：她有很高的額頭。這個句子中的「很高的」就是用來限定或修飾「額頭」的定語形容詞。

謂語

　　漢語的形容詞多能做謂語，即當動詞用，如：

⒂

　　a.他很高。

　　b.他本性善良。

　　c.張三荒唐好幾年了。

　　d.彈琴得好的人也沒幾個。

　　e.他陰森森的，看起來並非好人。

　　這些句子英語都必須要有個像be, seem, look之類的聯綴動詞（linking verb），才能撐起句子的基本架構。正由於漢語的這種特性，讓漢語的學生在英語書寫方面。常會有*My father very busy.（父親很忙）之類的錯誤。

主語、賓語、補語

　　修飾的名詞若被刪省，則不定形容詞就變成了不定代名詞，當然就能做句子的主語、賓語、補語，如：

⒃

　　a.一點點就夠了。（主語）

　　b.他只想喝一點點。（賓語）

　　c.這是一點，而不是一點點。（補語）

　　要了解，像⒃內的句子形式多出現在聽者或溝通者已經知道了彼此共同的重顯訊息。例如(16a)若在咖啡店，可能是「一點點糖或一點點牛奶」，但在西餐廳內，可能是「一點點胡椒粉」，可見當主語的形容詞多出於語用性的刪減或省略，而不能逕把形容詞當作主語看成一般的現象。

形容詞與副詞

　　在語法領域內，形容詞修飾名詞，副詞修飾動詞、形容詞或副詞，然而在實際的應用上，往往形容詞多有兼具副詞的功能，而副詞在漢語語法的功能上可當狀語，特別是常出現在動詞之前的副詞。先請看後面的例句：

⒄

　　a.小張上班通常早來晚走。

　　b.五點半還是蠻早的運動時間

　　c.這時間來運動還蠻早的。

　　d.老闆請你再仔細（地）看看這些文件。

　　大部分情形下，「早」和「晚」多為形容詞，如「她喜歡看晚報。」但(17a)內的「早」和「晚」實際上為副詞，在句子中當狀語，分別修飾「來」和「走」這兩個動詞。(17b)的「蠻早的」就是很典型的形容詞做定語用，修飾後面的「運動時間」。這與(17c)的用法很相

類似，只是(17c)為補敘用法，當補語。至於(17d)中的「仔細地」為副詞，做狀語用，修飾動詞「看」。

　　有些語詞，能當形容詞與副詞用，但語意並不全然相同，試比較：

(18)

　　a. 他喜歡養老鼠。（前綴，並沒有「老」的語意）

　　b. 他已經是很老的人。（年紀大，「老」是形容詞）

　　c. 有人在的時候，他老不吭聲。（總是，當副詞用）

前面(18)有三個例句，但這三個「老」卻有不同的語法功能。(18a)的「老」是詞頭，或稱為前綴，並沒有特殊的語意，恰如「老虎、老鷹」的「老」。(18b)的「老」為形容詞，做定語用。然而(18c)的「老」卻是副詞，修飾動詞「不吭聲」，為句中的狀語。

　　像「老」一樣的常用語詞，還有：

(19)

　　a. 他有很快的手腳。（形容詞，定語）

　　b. 他能跑得很快。（副詞，補語，修飾「跑」）

(20)

　　a. 他昨晚看到死的人（死人）。（形容詞，定語）

　　b. 讀書要靈活運用，不能老是死記硬背。（副詞，狀語，修飾動詞「記」）

　　由此可知，並非每個語詞都有固定的詞性或固定的語法功能。語詞必須放在整個句子中，才能相對確切地掌握其詞類與用法。

形容詞與形容詞子句

　　迄今為止，我們討論的對象均為單詞性的形容詞，其實漢語裡也有關係子句（relative clause），尤其是三〇年代後經過歐化之後的漢語，更常見到由關係詞「的」引導的複句結構。雖然漢語的關係詞是否為「的」還有爭論，但是有些「的」的確與英語的關係有相同的語法功

能。

⑵

　　a.這是劉老闆。

　　b.小華剛剛在門口遇見劉老闆。

　　c.這是小華剛剛在門口遇見的劉老闆。

前面(21a)是很平常的是字句，引介劉老闆。(21b)則表示小華剛剛在門口見到劉老闆。這兩個句子合併在一起，產生了(21c)，讓「小華剛剛在門口遇見」經由「的」的連結，鑲鉗在或包蘊（embed）在句子裡面。這種「的」的功能，完全與(22)的that相同，所以有些語法學家把「的」視為關係詞。而像(21c)之類的句子，稱為關係子句。

⑵

　　a. This is the man.

　　b.John met the man in the campus.

　　c. This is the man that John met in the campus.

　　漢語的關係子句也當形容詞用，且先看後面幾個句子：

⑵

　　a.這是我剛剛買回來的茶杯。（限定用法，做定語）

　　b.這茶杯是我剛剛買回來的。（補敘用法，當補語。）

　　c.我也想去買梅芳寫的書。（關係子句修飾賓語，當定語。）

　　d.那幅吳冠中寫周庄的畫兼具中西畫風。（關係子句修飾主語，當定語。）

　　(23a)中劃線的「我剛剛買回來的」為關係子句，修飾後面的「茶杯」，所以屬於限定用法，和(19a)的「很快的」用法相同。此外，由於「我剛剛買回來的」置放在句子的中間，故稱為包蘊句（embedded clause）。(23b)「我剛剛買回來的」為關係子句，屬於很典型的形容詞補敘用法，當補語用，與(17c)的「還蠻早的」相同。

　　掌握了這個觀念之後，我們應該能很快了解(23c)的「梅芳寫的」是關係子句，修飾後面的賓語「書」，而(23d)的「吳冠中寫周庄的」

用來修飾主語「畫」。

結語

　　形容詞主要是用來修飾名詞，因此在句子中，形容詞多是充當定語──至於名詞之前，限定或修飾其後的名詞。另一種用法是當補語用，通常出現在句尾，而且多半用在是字句（如：他的小說是很好看的。）

　　形容詞的標記是「的」，不論是單詞爲形容詞或由其他詞類轉化而成的形容詞，都能經由「的」的綴加，而成爲形容詞，如「紅的、長長的、亮晶晶的」（形容詞+的），也可由人稱代名詞的所有格形成的形容詞，如「她的、那件紅襯衫的、山間的」。

　　結構形式上，形容詞可以是單詞、單詞+的、或短語（如「輕輕的、一閃一閃的、忽來忽去的」、也可以是句子，如「她剛剛買來的新衣服。」，這和名詞在結構形式上完全相同。

　　與語形容詞有關的子句或附屬子句，通稱爲關係子句，可以置於名詞之前，當定語用，而該名詞可以是句中的主語、賓語、或補語。

第六章

數量詞

數量詞的界定

　　數量詞包括數詞和量詞，基本上這兩種詞都為形容詞的一部分，在句子內通常做定語或補語，不過要特別把數量詞列為專章，主要是在讀法和用法上有其特殊的文化背景，例如「二」和「兩」語意相同，但讀法和用法卻有些差異，如「二分之一」、「兩輛車」，又如「一個小時，一個月」但少人用「*一個天、*一個年」，而這差異通常是文化上形成的，也就是習慣上大家這麼說，很難理出其間的邏輯。也因為有這麼特殊的讀法用法，所以要有專章討論。

　　先介紹數詞，再討論量詞。

數詞的類別

　　數詞指平常生活中常用的係數或基數、序數、分數、小數點等幾種不同的分類。數詞在語法結構中通常扮演定語的功能。

基數

A. 基數就是日常生活中會用到的數目字：零、一、二、三、四、五、六、七、八、九、十、兩。

B. 常與基數連結使用的還有「位數詞」，如十、百、千、萬、億，如：十萬、二千、六百萬、四十億。由這些位數詞與阿拉伯數字合起來用於算錢、穀物交換、或理財家用。比較特別是要留意我們的數詞表示方法與西方的並不相同，後面是個比較

讀法的差異：

(1)

中式算法	美式算法
a. 5,6720	56,720
五萬六千七百二十	五十六（十千）七百二十
b. 244,5792	2445,792
兩百四十四萬五千七百九十二	兩百四十四（十千）七百九十二

　　漢語有「萬」這個位數詞，而英文沒有萬，只用千為單位。我們的三萬，相當於英美的三十千，因此西方的會計方式，通常從尾數的第三數字點一下，使我們一般的行政機關都要用括弧加個十千，以做區別。但漢語的數字表示方法，從尾數第四個數字才點，表示「萬」的單位。如(1a)，只要看到逗點，就知道是五萬，後面的「6720」自然就讀「六千七百二十」。又如(11b)，只要看到逗點，就知道前面的「244」就讀「二百四十四萬」，逗點後面的「5792」自然就讀「五千七百九十二」。不過，我們的商務人員目前都已經接受西方的數字標示方法，能很快把(1a)「56,720」中的「56」換算成五萬六千七百二十了。數字的標點與實際的讀法是可以經過訓練而達到提升中西對譯方式的成效。

複習

請讀出後列的數字。

a. 23,676

b. 223,748

c. 33,235,694

C.基數與位數詞

基數與位數詞組合中，有三種讀音方式比較特殊。第一，凡是

兩位數以上的「1」，如「13, 16, 19」等都可把「一」省略不念，如「15」讀「十五」，「19」讀「十九」。第二，不連接的位數詞，要加個「零」，如「1008」（讀「一千零八」，「5,7005」（讀五萬七千零五），「3,0504（讀三萬零五百零四）。第三，若屬於整數，則概用十、百、千、萬等單位。如：「500」（讀「五百」）、「5, 0000」（讀五萬）、「2000, 0000」（讀「兩千萬」）。

D. 二和兩的用法

「二」和「兩」都表示「2」，但用法略有差異。簡言之，「二」的使用範圍比較廣，能用於後列的情境：

(2)「二」的用法

　　a. 數數時單說，如「一二三，那是「二」」

　　b. 位於係數或基數之末，如「十二，三十二，六十二」

　　c. 位於序數「第」之後，如「第二」。或者是中式日期的講法，如「（年）初二」。又如學制，如「國二、高二、大二」。大小的排序，如「老大、老二」

　　d. 親屬之間的排行，如「二哥、二嬸、二姑娘、二伯公」

　　e. 分數、小數用，如「五分之二」、「零點二（秒）」

　　f. 度量單位之前，如「二斤（黃酒）、二尺（紗布）、二兩（黃金）」不過，在臺灣，這也可用「兩」如「兩斤酒、兩尺布、兩兩黃金」

(3)兩的用法

　　a. 除了度量單位以外的單位之前，如：「兩盆（蘭花）、兩條（斜槓）、兩間（廟宇）、兩棟（房子）」

　　b. 親屬關係之前，如：「兩兄弟、兩親家、兩姊妹」

　　c. 固定的位數詞之前，十位數用「二」，如「20」。若大於十位數，則可用「二」也可用「兩」，如「200」，「2000」，「2,0000」可讀「兩百」也可讀「二百」。大於百萬時，又只能用「兩」，如「200, 0000」讀「兩百萬」。

　　不過在臺灣，「兩斤」（豬肉）、兩尺（白紗）也很多人使用。其他度量單位如「兩斗（升）」（白米）、「兩步」（路）、「兩輛」（禮車）、「兩丈」高，還有倍數之前用「兩」居多，如「兩倍」。

　　可見「二」的用法層面較廣，「兩」只限於少數的親屬與度量詞之前。不過要留意的是「二」和「兩」在位數詞之前的變異(3c)。這樣的讀法，顯然是源自於習慣，並沒有很明確的遵用規律。

複習

1. 請讀出後列的數字。
   a. 1,469
   b. 29,045
   c. 15,392

2. 關於數詞「二」及「兩」，用法上有些情形需使用「二」，有些需使用「兩」，這兩者的用法差異該如何整理歸納？請就「結構」及「語意」兩方面差異特徵分別說明。(2018:Ⅱ:(3))

3. 下列哪一種說法中，張三與李四的房子大小差別最大？(2017:23)
   (A) 張三的房子比李四的大一些　　(B) 張三的房子比李四的大兩倍
   (C) 張三的房子是李四的兩倍大　　(D) 張三的房子比李四的大兩成

序數

　　序數指遠排列順序有關的數詞，如：第一、第二、第三等。但有些排序並不需要用「第」，如：一月、二月；節氣排序也不用，如：春分、夏至。

倍數

　　倍數的表達方式，通常用於「……倍」之中，其中點點點的部分就是基數，如：兩倍、四倍。倍數在日常口語中，多用於和數學或算數有

關的項目，如「六就是二的三倍。」，也常見於比較之中，如「他的房子大了兩倍。」「他花了兩倍錢才買到那支手機。」

分數與小數

分數為算學上常用的表達方式，但在日常口語中，比較常用的為「……是……的幾分之幾」，如「2/3」讀為「三分之二」，或用於「二是六的三分之一」。與居家有關者，如利息的算法，常用到分數。

與分數常連在一起的是小數，或小數點。例如「0.8」讀成「零點八」，也能講成「8/10」（讀十分之八）。

概數詞

「概數」指「大概或大約」之數，並沒有很確定的數字。通常會在數詞之前使用「約、大約、大概」或者是在數詞之後接用「多、來多、左右」等方式來表達。

⑷約、大約、大概、好幾

　a.來了大約五十個學生。

　b.大約就是三十上下吧。

　c.小華大概還要一週才能完成那分報告。

　d.他請了好多客人來。

⑸多、來、左右、上下

　a.會場聚集了一百多人。

　b.他只需要十來個包子就夠吃了。

　c.他喝了五六杯左右。

　d.這裡應該能坐八十人上下。

最後，「一」除了數的表示外，還在句法語義方面，帶有其特殊性。首先，表單一的「一」可以刪省。如：

⑹

　a.那（一）件衣服很貴。

b.給我來（一）碗飯。

c.突然間來了（一）個客人。

其次，「一」後面接量詞後，還有泛稱(7)、完整(8)、或引導漢語中常用的「一……就」的句型(9)。

(7)表任何一位

a.一個人做事總要先想一想。（表任何一個人）

b.我不想打擾任一位客人。

c.一天總得去見媽媽一次。

(8)表「整整」

a.老師一學期都沒提那件事了。（表整個學期）

b.他一生都非常的謹慎。

c.這一路來都承你的幫忙。

(9)一……就（表馬上就……）

a.他一看到書就頭痛了。

b.老師把書一放下，大家就不敢再講話了。

c.小明一走進房間，立刻上床睡大覺。

以上就是漢語與數詞的相關語法。基本上，漢語的數詞，諸如基數、序數、分數、小數、倍數等等多側重讀法與用法。其中(9)的「一……就」的結構又稱為連貫複句，將在第十章連接詞再討論。

複習

1.請讀出後列的數字。

a. 0.89

b. 4/9

c. $5\frac{2}{3}$

2.請圈選出後列句中的概數詞。

a. 他跟小華說他大約幾天之後會再來。

b. 這次入院他大致上還好，僅痛了兩小時左右。

c. 這次也沒請多少人，就不過是十幾個親友。

3. 後列哪個「一」與「他一生都很愛惜羽毛。」的「一」同義？

　a. 他只不過想再多吃一碗飯。

　b. 一根香蕉一條繩索。

　c. 我整整一個禮拜都沒見到他。

　d. 北風一起，寒氣就來了。

量詞

　　「量」顧名思義就是指單位，凡是該稱人、事、物、動作行為、思考等單位的語詞稱為量詞。量詞可以根據不同的方式劃分，常用的方式是以詞類分為名量詞（表人事物）、動量詞（表行為）、準量詞等。

名量詞

　　用以量度人事物的量詞，約有兩類：個體量詞與集合量詞。量測個體名詞的量詞稱為個體量詞。凡是個體物都有其相對的量詞，如：一本書，兩匹馬，三頭牛，四隻豬，兩張床，三間房，兩棟房，其間畫底線的「本、匹、頭」等即為量詞。有些量詞是根據東西的形狀或質性，如：

⑽

　a. 細長而軟者用「條」：兩條線，一條蛇，一條路、一條小河

　b. 細長而硬者用「枝」：兩枝粉筆，一枝槍，一枝拐杖、一枝冰棒

　c. 圓而小者用「粒」或「顆」：一粒米、一粒種子、一顆花生、一顆球

　d. 裝有把者或整捆者用「把」：一把刀，一把斧頭，一把白菜，一把文稿、一把傘、一把火

　　有些情緒、年齡也用「把」，如：「到了這把年紀」。又如，

「趕緊拉他一把」、「他心中冒起了一把無名的怒火」、「她為小華的悲苦掬了一把辛酸淚」等與情緒或年齡有關。

不過，個體量詞中，最常使用的應該是「個」，幾乎每種東西物品都可用，如：一個故事，一個菜籃子，一個陌生人，一個籃球，一個拐杖。不僅如此，「個」指日子，如「等個三天兩天，做個遠程旅行」，還能與「走、講、笑、哭、動……」連用，表示「不停」之義，如「他老講個不停。笑個不停」。「個」還用於情緒表達，如「讓我們玩個痛快。」

簡言之，個體量詞用以標示單獨個體的單位。至於集合量詞，則多用於多數或成群的生物或個體，如：一堆石頭，兩班學生，一批舊貨，一群海鷗，一打雞蛋。以「一堆石頭」為例，「堆」表示不會是單一顆石頭，而是好幾個石頭才能成堆，所以像「堆、班、群、打……」稱之為集合量詞。

除了前述的個體和集合量詞之外，名量詞還包括度量詞和不定量詞。度量詞只特別為容量(11a)、面積(11b)、體積(11c)、重量(11d)、長度(11e)而專用的量詞。

(11)

　　a. 容量：升、斗、石（一升米、兩斗稻穀）

　　b. 面積：坪、分、畝、公頃、平方（公尺）

　　c. 體積：立方公尺（公寸）

　　d. 重量：錢（通常用於黃金、或貴重藥材）、兩、斤、公斤、公克、公噸

　　e. 長度、寬度：分、寸、尺、丈、釐米、公里、奈米

度量詞雖然有固定的名稱，但各地的習慣並不相同，例如公路的算法，我們常用「公里」，美國則用「mile」（英里）。重量的度量詞也不同，我們多用「斤」或「公斤」，但歐美多用「磅」。我們的居家面積多用「坪」（六平方尺），大陸地區則多用「平方米」。我們的「斤」的數量也與大陸地區不同。可見度量詞只是單位的名稱，其實質

的內容或意義必須考量地區文化的差異。

　　最後是不定量詞，由於量詞的特性就是能用數字來算，即使是只能用「一」來算也符合定義。漢語的不定量詞，只有兩個：些、點兒。如：一些水、一些人，一點兒麵粉、一點兒把戲。這兩個不定量詞都能用「這麼、那麼」修飾，如：「觀眾就只來了這麼一些人」、「那麼一點兒小把戲，不看也罷」。

　　還有一種名詞，平常不做量詞用，但在口語或某種情況下，會被用來當類似量詞的用法，相關文獻稱為「臨時量詞」或「備用量詞」，例如「書架」為普通名詞，如「他買了一個新書架。」但在「他擁有一書架書。」中的「書架」功能類似量詞，因此像「書架」這類的語詞稱為臨時量詞。常見到還有：

⑿

　　a.他裝了一口袋沙。

　　b.他憋了一肚子氣。

　　c.小華終於學了一身好功夫。

　　有些書把「壺、碗、盅、瓢」視為臨時量詞，但這些容器其實和「杯」同樣，應該看成一般的量詞，如：一杯咖啡，一壺好茶，一碗飯，一瓢飲、一簞食等等，雖然每人的「壺、桶、碗」大小不一，容量有別，但每一「壺」正如每一「杯」同樣，都是對講話者而言有很清晰概念的量詞。看成備量詞並不適合。

　　此外，還有一些時間單位如星期、月、年，地方如省、縣、市、村等有時也用在名詞之前，頗有量詞的功能，稱之為「準量詞」。換言之，這些名詞通常不做量詞，但在⒀中卻有量詞的功能。

⒀

　　a.他已經讀了三年書。

　　b.叔叔陪了我度兩週假期。

　　c.這次來他走訪了三縣市，收穫良好。

迄今為止，所檢視的都是名詞性的量詞，故稱為名量詞。共通的用

法都是充當名詞的修飾語或定語，表示該名詞的量。後面將介紹的是動詞性的量詞，稱爲動量詞。

複習

請寫出後列_____上的量詞。

a. 兩_____牛	b. 三_____筷子	c. 五_____硯臺
d. 兩_____西瓜	e. 兩_____笛子	f. 兩_____龍眼樹
g. 滿_____春色	h. 兩_____風衣	i. 兩_____牛車

動量詞

重量詞通常當作前一動詞的賓語，表示次數或頻率。動量詞可分爲三類：專用量詞、臨時量詞、重複量詞，這些形成漢語中很重要的語詞結構方式。

A.專用動量詞：喊一聲、睡一覺、看一回、走一趟。

前面的「一聲」只能出現在「叫、喊、哭、罵」等具有聲響效應的動詞之後，所以不可能會有「*看一聲」之類的結構，因爲「一聲」已經限定了其動詞的類別。故像「一聲、一刀」之類的量詞，稱爲專用動量詞。然而，有趣的就是動量詞中的「一下」卻是多種動詞通用的現象，舉凡能動的動詞，如「走、看、叫、喊、睡、唱」都可以，如「走一下、晃一下、跟一下」。此外，這類動量詞也可做名量詞來用，試比較：

(14)

    a.小華出去走了一下。（動量詞）

    b.小華出去走了一下路。（名量詞，修飾「路」）

    c.他想再唱一下。（動量詞）

    d.他想再唱一下那首歌。（名量詞）

　　但是動量詞「V一下」（V＝動詞）的結構，只限於單音節動詞，若爲雙音節的VO（動補結構），則動詞需要重複，如⒂。

⒂

　　a.單音節動詞：想一下、走一下、探一下、燜一下、煮一下、燙一下

　　b.VO結構：
　　　讀書－讀書讀一下，唱歌－唱歌唱一下，吃飯－吃飯吃一下

　　c.VO以外的雙音節動詞，與「一下」不能重複：＊做完做一下、＊賣掉賣一下

VO結構的動詞，若在「一下」的結構中，重複動詞通常會以「得……」程度副詞作補語，如：

⒃

　　a.他吃飯吃得很多。

　　b.他騎馬騎得很累。

　　c.小華唱歌唱得很有名。

這部分將在第十二章談論「得」語助詞時再進一步探討。

B.重複量詞

　　漢語動詞有個特性，能形成「V一V」的結構，V指任何單音節動詞，其中後半部的「一V」即帶有量詞的成分。這種結構很多，如：想一想，看一看，寫一寫，動一動。最有趣的是，有很多英語的外來詞，也能套進這個結構中，如很多人會把英語的try, high等單音節字放在這種結構中，如：「你也可以上臺try一try呀？」、「大家就唱個夠，high一high，好吧？」若是雙音節，則也只有第一音節重複，如「動怒」可以重複爲「動一動怒」、「吃一吃飯」、「看一看電影」，這部分倒與(15b)相同。

C.臨時量詞

　　偷一把、捅一刀、看一眼、踢一腳、咬一口、抽一鞭……等等都是

常見的例子。「腳、口……」等並非量詞，但在很多時候，「踢一腳」等用詞常在口語出現，形成了臨時量詞，或稱為借用量詞。

複習

1. 請圈選出後列句子中的量詞。

　　a. 小華正想吃飯，隔壁那對夫婦就過來敲了一下門，說想來商量一下，問他能否先挪一點錢借他們。他沒好氣地嘆了一口氣，想都不想就走進房裡，拿出一包錢塞給他們。

　　b. 他只不過睡了一回覺，醒來就發現屋裡一團亂，原來有人在他背後捅了一刀，使警察一下午就進來搜了半天，搞得一屋子烏煙瘴氣。

2. 下列哪一個選項中的量詞用法屬於借用量詞？(2023:10)

　　(A)這次趁打折，我買了十雙襪子。

　　(B)池子裡養了三條魚。

　　(C)放假回家，媽媽煮了一桌菜。

　　(D)肚子不舒服，早上我只吃了一些水果。

數量詞的語法功能

　　數量詞就是「數詞」與「量詞」結合起來就是數量詞。其實，我們從量詞來看，量詞之所以被認定為量詞，判斷的標準之一就是能否在前面加數詞，例如「他買了一張桌子」和「他辦了一桌菜」，前者的「桌」顯然是名詞，而後者的「一桌」卻帶有量詞的功能。

　　後面將從語法功能來檢視數量詞的用法。

1. 定語

　　數量詞的基本功能是修飾名詞，故在句法上扮演定語的角色。如：

(17)

　　a. 小明想買一枝玩具槍。

b.他送姑媽一盒餅乾。

c.他可能太渴了，一下子喝了三杯茶。

前面的「一枝、一盒、三杯」都是修飾後面的名詞，在句子中很明確當定語。

2.主語

數量詞之後的名詞若遭到省略之後，該數量詞就變成代名詞，而有了名詞的成分，能是主語或賓語。且看後面⒅做主語的數量詞。

⒅

a.她買了三顆珍珠，一顆給弟媳，一顆給妹妹，一顆給我。（一顆珍珠）

b.這裡有幾盒餅乾，一盒是巧克力的，兩盒是牛奶口味的。（兩盒餅乾）

做賓語的數量詞語如：

⒆

a.他試了好幾雙鞋之後，最後還是只買一雙。（一雙鞋）

b.她讀了幾百卷書，心中卻只喜歡其中的一卷。（一卷書）

由⒅和⒆的例句中，可以很清楚地了解，數量詞移作或當作名詞用時，顯然是取代了其後修飾的名詞。

3.謂語

數量詞屬於形容詞性質，而漢語的形容詞本就具有謂語的功能，故大多數的數量詞均可作謂語。換言之，大多數的數量詞可以當動詞用，如：

⒇

a.他上前線打仗時，孩子已經六歲了。

b.這個編輯手冊，就一人一冊。

c.哇！工作已經三週了。

d.他都四十了，我怎會不老呢？

e.這些鳳梨，就算你一斤五十吧。

　　前面(20a)的後半句，「已經六歲了」是「孩子」的謂語。「一人一冊」中，主語是「一人」，謂語是「一冊」（負責一冊，負責撰寫一冊）。又如(20e)後半句，「一斤五十」大家都聽得懂，意思是說「一斤鳳梨算（賣）你五十元」。

4.狀語

　　狀語就是出現在動詞之前，通常能加「地」的副詞，其功能主要是修飾動詞、形容詞。在世界上各種語言中，形容詞當作或借用於表示副詞的現象，非常的普遍。先看後面的例句：

⑵

a.小華把這些石頭一堆一堆地搬走。

b.眼看著森林內的晨霧一層層地散去，她才悵然離去。

c.那個小孩一下子就大哭了起來。

d.那個演員一晃就下臺了。

　　從前面的例句來看，名量詞作狀語時，多重複，而且重複結構中的第二個「一」可以省略(21b)。至於像(21c)的「一下子」表時間的短促，這與「一會兒」的用法相似。(21d)的「一晃」也表動作得快或表時間的急，用來修飾後面的謂語「下臺」。

其他

　　這裡要補充說明的是量詞的重複結構，如數詞「一一」、數量詞「人人、個個、本本、杯杯」等，都具有「逐一、每一」之義。

⑵

a.校長將新來的老師一一介紹，讓大家認識。（逐一）

b.在場的選手個個都是身經百戰的老手。（每一個）

c.回頭檢視走過的路，可說是步步心驚。（每一步）

d.條條大路通羅馬，所以只要選有興趣的系所即可。（每一條路）

　　有時候，重複數量詞表重複的動作，作為修飾後面動詞的狀語，如：

⑵⑶

　　a.他就這樣<u>一句一句</u>地念下去。

　　b.他把粥煮得爛熟，然後<u>一匙一匙</u>地餵老人家吃。

　　c.他眼睜睜地看著日子<u>一天一天</u>地過去。

　　我們發現這種重複數量詞的結構，大都是當句子的狀語，修飾後面的動詞，並且表示一種舒緩、慢悠悠的動作。

複習

1. 請寫出後列句子中劃線量詞的語法功能。

　a. <u>一整盒</u>都是香濃的餅乾。

　b. 看著這麼多書我只想買<u>一本</u>。

　c. 表姊送我<u>兩箱</u>黃金果。

　d. 那麼多事他總是<u>一件一件</u>處理。

　e. 他旅行回來帶給辦公室同仁一人<u>一盒</u>巧克力。

　f. 她最後走進教室<u>一一</u>檢查。

2. 中，哪個不能使用一條做量詞？

　a. 水牛。　　　　　b. 項鍊。　　　　　c. 絲瓜。　　　　　d. 斑馬

3. 下列句中哪個「一拳」的語意和語法功能相與其他三者不同。

　a. 張三給李四一拳打過去。

　b. 張三打了李四一拳。

　c. 張三往李四揮了一拳。

　d. 張三還欠李四一拳。

結語

　　數量詞就是數詞和量詞的結合，就其本質而言，數詞和量詞都具有形容詞特性，故在句子中多當定語。數詞指一、二、三等數字當形容詞用，比較特別的是在於數詞的讀法，百位數以上都要用數詞，如「一百二十、五百三十」，而「十一到十九」則省略「一」，如十一、十二。在數詞的讀法和用法之中，「二」和「兩」值得特別留意。

　　除了分數（零點二、二點零）、序數（第二）外，數量後的單位則用「兩」，如：「兩杯（清茶）、兩條（電線）、兩股（力量）」。親屬關係之前用「兩」，如「兩姊妹、兩親家、兩代人」。而固定的位數詞之前，十位數用「二」，如「20」。若大於十位數，則可用「二」也可用「兩」，如「200」，「2000」，「2,0000」可讀「兩百」也可讀「二百」。大於百萬時，又只能用「兩」，如「200, 0000」讀「兩百萬」。

　　關於量詞，則數目繁多，大抵以修飾的名詞外型為指標，如外型圓者用「粒」（一粒西瓜）、長而細者用條（兩條線）。但大多數的量詞，相對地無法推論，如「球」可用「一個、一粒」，樹用「顆」，書用「冊、本」等等，無法盡數。

　　以量詞重複而形成的副詞，如「一閃一閃地、一堆一堆地、一客一客地、一章一章地」後一個「一」可省刪，但副詞特性不改，都可修飾後面的動詞，如「小華一章章地唸完了那本厚厚的小說。」

第七章

動詞

動詞的界定

動詞泛指表達或界定「一切的行動或動作」的語詞，通常為句子結構的核心。動詞本身含有不同的特質，致使句子的表面或內在產生了不同的結構或句型類別。為了能一窺動詞的全貌，本章其餘部分將從次分類、次分類帶來的句型差異，最後再回頭檢視情態動詞與動作動詞的差別。

動詞的類別

恰如其他的詞類，動詞可根據不同的功能或用法做不同的分類。以功能而言，動詞可分為及物動詞與不及物動詞，這將在後一小節說明。另外還可根據動詞的行為區分為動作動詞、靜態動詞、情態動詞等等。

動詞的次分類

傳統語法大體上接受英語五大句型的劃分方式，同時接受喬姆斯基質疑後的修正，把五大句型修擴充為六大句型，因此把動詞再進一步做分類，稱為「次分類」（subcatergorization）。根據喬姆斯基的理論，動詞的語詞本質上就具有次分類的特性。換言之，小孩在學習語言的過程中，把「躺、感覺、買、認為、給、放」等動詞的語音、語詞、及其內在特質如(1)都同時學起來。

後面(1a-b)習稱為不及物動詞。所謂「及物」指動作的力量或行為能影響後面的物（賓語）。「不及物」就是不會和外在的東西（物）

有關係，基於此，(1a-b)之類的不及物動詞，後面不需要接賓語。至於(1c-e)之類的動詞稱爲「及物動詞」，表示這些動詞後面必須要有物（東西）做賓語。其中(1e)必須要有兩個賓語，習稱爲「雙賓動詞」。

(1)（V：動詞；C：補語；O：賓語；loc：場所或地方詞）

　　a.躺：V

　　b.感覺：V＋C

　　c.買：V＋O

　　d.認爲：V＋O＋C

　　e.給：V＋O＋O

　　f.放：V＋O＋loc.

(1a)的意思是像「醒」這類的動詞，只須單獨就可以成爲句子，如(2a)。這類動詞常見的有「醉、睡、醺、躺、站、笑」。換言之，(1a)的動詞可以形成最簡單的句子，只有主語和謂語(2a)。而(1b)類的動詞，則必須在後面接個補語（通常爲形容詞或名詞），才能使句子完整，如(2b)。這類動詞常見的有「長、變、生、是」。

(2) a.

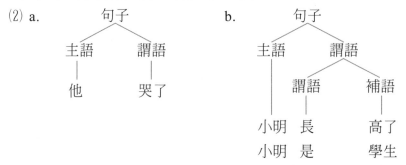

「補語」通常爲名詞如(2b)的「學生」或形容詞(2b)的「高」。補語主要是用來補足語句的完整。假若缺了補語，則(2b)變成「*小明是」，這就不是一個完整的句子，必須要補上「學生」或「很高」才能使句子完整。

至於(1c)類的動詞，屬於第三種句型，需要主語、謂語之外，其後還必須接個賓語（通常爲名詞）方能使句子的語意完整，如(3a)。常見

的有「賣、看、讀、打、揍、踢」。同理，(1d)類的動詞，除了接賓語之外，還需要補語才能完成句子，如(3b)，這通稱爲第四種句型，常見的動詞有「嫌、惱、恨、喜、笑」。

(3)a.

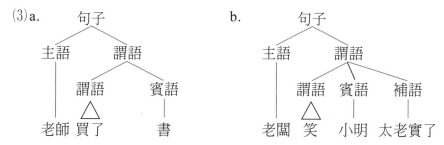

第五種爲句法中大家都很熟悉的雙賓動詞，必須要有兩個賓語才能成句，如(4a)，常見的有「送、寄、給」。前面五種所衍生的句型，傳統語法成爲五大句型。

喬姆斯基認爲這五大句型並無法概括所有的句型，他提出的反證就是英語的put，因爲put後面要有賓語，同時又要有地方詞，如He put the book on the desk. 此句中的on the desk就是地方語詞，是句中不能或缺的結構成分。英語的put相當於漢語的「放」，在句子結構中，也同樣要有賓語和地方詞，如(4b)。

(4) a.

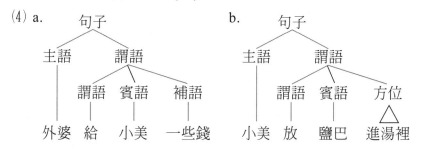

不過，在實際的語言使用當中，很少看到像(4b)這種句子，因爲這種句子通常會改用把字句，如「小美把鹽巴放進湯裡。」

雖然漢語的句型合乎五大句型或六大句型的現象，不過漢語的動詞，用法卻往往因情境或上下文而能出現在不同的句型之中，並非每個動詞僅只限於(2)到(4)的歸類中。且看(5)的例句，同一個「笑」能出現在

不同的句型。

(5)

　　a.黃蓉終於笑了。（屬於(1a)）

　　b.黃蓉笑了一笑。（屬於(1c)）

　　c.黃蓉笑郭靖單純。（屬於(1d)）

　　又如「賣」也有各種句型可用：

(6)

　　a.黃瓜賣了。（S＋V，(1a)）

　　b.黃瓜賣完了。（S＋V＋C，(1b)）

　　c.他很會賣黃瓜。（S＋V＋O，(1c)）

　　d.他賣黃瓜給張三。（S＋V＋O＋O，(1e)）

　　換言之，像(2)到(4)的動詞句型分類說明應該僅僅是一種簡化過的動詞分類。事實上我們很難得遇見像(2a)這麼簡短的句子，因為動詞都難免會有副詞修飾。副詞進一步說明了動作的狀態，例如後面(6a-c)可說是(2b)句型的衍化或變化。

(7)

　　a.郭靖<u>醒過來了</u>。

　　b.郭靖<u>才剛醒</u>。

　　c.郭靖<u>醒過來時，還霧濛濛一片，什麼都看不清楚</u>。

　　d.*郭靖醒。

　　前面(7a)的「過來了」表示「醒前」和「醒後」的差異，也能說用以表示「醒」的狀態。與(2a)比起來，顯然(7a)更讓讀者有較清晰的影像。(7b)則用「才剛」表郭靖醒的時間還不長。(7c)的副詞短語用字更多，更能傳達句子想要表達的語意。可見句子類型與結構純就架構而言，實質上大部分的句子都會根據語意的需求而有不同的修飾語。

　　最後，我們且看(7d)，這句完全合乎語法，但多數華人聽到這種句子，都會皺起眉頭，很難接受。比較之下，若把(7d)改為「郭靖醒了。」就馬上變成很平常的句子。

　　這主要是由於漢語的短句，在習慣用法上還是與音節數目大有關係，且再以(8a)為例說明如後。假若把(8a)改寫成(8b, 8c)，句子就更能讓人接受了。

⑻

　　a. ?郭靖<u>認為</u><u>黃蓉</u><u>美</u>。

　　b.郭靖<u>認為</u><u>黃蓉</u><u>很美</u>。

　　c.郭靖<u>認為</u><u>黃蓉</u><u>美得令人動容</u>。

　　(8a)並不是很常見的句子，卻是完全合乎句法，(8b)只是在「美」之前加個音節（很），讓補語變成兩音節，立刻讓句子變得很順口，很能為大家接受。但(9c)的謂語也是兩個音節，可是仍然不很順口，若加個「很」則好多了。可見不僅與謂語音節的數目有關，應該與副詞有關：

⑼

　　a. ?他高。

　　b.他很高。

　　c. ?小華高大。

　　d.小華很高大。

　　以上就動詞的類型和六大句型的關係，做個背景介紹。對於動詞的類別，應該稍具知識即可，不能死背硬記。畢竟我們要的懂得的是動詞的特性與用法，而不是這些名詞。

複習

1.請仔細閱讀後列的句子，並且整理出各句的句型類別。

　　a. 她終於露出了微笑。

　　b. 我看湯姆很聰明。

　　c. 表姊寄了一箱書給我。

　　d. 她僅僅點個頭。

　　e. 小華放書在桌子上。

f. 小明累了。

2. 請修改後面的病句，使成為能接受的句子。

　a. 小美鬧。

　b. 阿明給小英。

　c. 我嫌小明。

　d. 她終於寄東西。

3. 下面的雙賓句中，哪一個句子中的語義傳遞方向與其他不同？(2016:24)

　(A)老李贏了我一筆錢。　　　　(B) 要記得送小明一分禮物。

　(C)小陳還了麗莎一本書。　　　　(D) 老闆賣他兩幅畫

動作動詞

　　動詞也能以動靜而分爲動作動詞與狀態動詞。表達有外在動作或行動者，稱爲動作動詞，是動詞中的大宗，如：走、看、聽、唱、寫、畫、騙、鬧、表演、調查、奮鬥、打拼等均爲極其常見的動作動詞。過去的語法學家經過不斷的研究積累，大致整理出動作動詞有幾個特性。

第一，能重複，如：走走、看看、唱唱、跳跳、調查調查、奮鬥奮鬥，如：「你可以上臺去唱唱看。」、「這件事還是該調查調查，才能定案。」重複還包括「V一V」（看一看，跳一跳、走一走）、「V不V」（看不看？跳不跳？）

第二，多數動作動詞能出現在命令句。如：「快唱！」、「快走！」

第三，凡動作都能用時間、次量修飾，如：「他唱了一遍。」、「他唱了好幾天。」

第四，既然是動作，即能與表完成的「了」、表進行的「著」、表經驗的「過」連用。如：

⑽

　　a. 黃蓉唱了那首歌。

　　b. 郭靖進來時，黃蓉正唱著那首歌。

　　c. 那首歌，黃蓉唱過很多次了。

　　靜態動詞又稱為狀態動詞，大多表心理或情緒的喜（愛、喜歡）、怒（氣、怒、恨）、哀（怨、悲、寂寞）、樂（悅、快樂、暢快、高興）。或者是生理上的狀態，如：餓、病、累。由於這些都僅表示心裡或生理內在的感覺，有些無法從外貌來判定，故無法採用命令句。沒有人能命令別人不要寂寞、不要憂鬱，而且這些狀態都是長期、無間斷的，故通常也無法用「了、著、過」來修飾。

　　　與動作動詞最大的差異在於，靜態動詞多能用「很、非常」等表程度的來修飾，而動作動詞則不能用「很、非常」。試比較

⑾

　　a. 上了整天班，他已經很累了。

　　b. 上了整天班，他想去打打球。

(11a)和(11b)其實都是同樣的情境，但(11a)的「他」心理覺得很累了，但同樣累的(11b)卻想到運動（動作）。所以動作動詞與靜態動詞表達的標的行為完全不同，這也是兩者之間的差別。

複習

請觀察後面的句子，並圈選出不合理或不合法的句子。

a. 她往上跳了一跳。

b. 她喜了一喜。

c. 她悶了三天。

d. 她喜歡了三天。

e. 她哀過了。

f. 害他憂過鬱了。

情態動詞

情態動詞與西方語言學理論中的modal verb相對應，昔日有些語法書逕稱之爲「助動詞」，有時也稱爲「能願動詞」。採用「情態動詞」的主因是由於這些動詞主要是用以協助彰顯動詞的語氣、樣態、和情緒。這與英語的情態助動詞may, maybe……等的用法很類似。

常用的情態動詞約可分爲五類：

⑿

類別	例詞
a. 表揣度	可能、會、要、能
b. 表意願	想、要、願意、肯
c. 表義務	應、應該、要、得、准
d. 表能力	能、能夠、會、可以
e. 其他	值（得）、配

後面將逐一說明。

表能力的「能、能夠、會、可以」

「能力」通常是很主觀的自我判斷，口頭說的不一定能完全配合實際的情況。但無論如何，主觀的判斷都能用「能、能夠、會、可以」，如：

⒀

    a. 郭靖能（夠）把這些穀包都背上船。

    b. 郭靖可以一人敵三人。

    c. 黃蓉會煮菜，更會觀察人心。

    d. 黃蓉眞是能文能武，能說能辯。

以上幾個句子都表示講話者對某人的能力判斷，這種判斷基礎完全是主觀的。例如「會煮菜」有不同的層次，有些媽媽爲了鼓勵孩子煮菜，僅

僅會煮一樣（或青菜或炒蛋），都會讚美說「你真會煮菜。」。一般「會煮菜」多半指能煮出好味道或者是能煮很多種菜。但(13c)不論是講場面話或真心話，都表示講話者對於黃蓉的肯定。

「能（夠）」和「可以」在肯定句中語意和用法可以互通，但在否定句中，則「不能（夠）」和「不可以」卻有差別，特別是「不可以」帶有「不被允許」或「不應該去」的口氣，試比較

⒁

　　a.郭靖不能一人敵三人。

　　b.郭靖不可以一人敵三人。

　　c.不可以（不得）讓郭靖一人敵三人。

　　d.那種場合我不能去。

　　e.那種場合我不可以去。

前面(14a)表示「能力或力氣不足以一人敵三人」，而(14b)對講話者而言，其實就是(14c)的意思，不允許讓他去「一人敵三人」。在日常活中，常聽到大人（父母：師長、長官）用更為露骨的否定表達「允許、核可」的權力表徵，如「沒我的同意，你（誰）都不能（不可以）出去。」。若講話者為第一人稱，則(14d)與(14e)的語意與用法相差不大。就表許可而言，還有個常用的法律語詞「得」，其肯定用法如(15c)，通常與「應」相對應；「得」表可以，「應」表必須。「得」的否定如(15c)與(15a, b)。

但在客觀或法律（情理）層面的情況下，「能、能夠、可以」的否定與肯定能相互通用。試看後面幾個例句：

⒂

　　a.公共場所<u>不能（不可以、不得）</u>吸菸。

　　b.就業市場<u>不能（不可以、不得）</u>有性別歧視。

　　c.雙方投票相等時，<u>得</u>由主席決定之。

　　d.雙方投票相等時，<u>應</u>由主席決定之。

前面(15c)與(15d)的主要差異在於語氣和規範。(15c)「得由主席決

定之」表「可以、能」由主席來決定，而(15d)用「應」表示沒有轉圜的餘地，勢必由主席來做最後的裁決。官方的法律條文或規約書寫的形式，往往由一個字的差異，代表可以選用最後決定的裁量權。

表臆測的可能性：「可能、會、要、能」

表揣度、臆測的可能性，漢語常用「可能、會、要、能」，試比較(16)中的例句。

(16)

a. 地這麼濕，可能下過雨了。

b. 天這麼黑，要下雨了。

c. 天這麼黑，會下雨唷。

d. 天這麼黑，他能（可以、可能）來嗎？

前面這幾句，雖然都表示講話者的臆測語氣，但前後語境卻很能看出其差異性。(16a)「可能」的臆測語氣中，表肯定的成分相當高，近乎「應該下過雨」的語意。(16b)「要」顯然表示還沒下雨，但根據經驗揣測下雨的機率很高，不過卻沒有完全肯定。(16c)「會」與(16b)「要」語意與用法很近似，可以互相更替。(16d)的「可能、能」帶有猜疑的意味。當然，(16d)的「能」也帶有「能力」的意涵，所以也可以用「可以」取代。

迄今爲止，我們檢視過表能力、表臆測的情態動詞，這些用語的實際語意之間，的確存有不少重疊之處。後面我們且比較「能、要、會」的異同。假若主語是人（animate，表「有生命」的名詞）時，這幾個語詞的語意很不相同，試比較

(17)

a. 郭靖<u>能</u>來參與這場比劍大會。

b. 郭靖<u>要</u>來參與這場比劍大會。

c. 郭靖<u>會</u>來參與這場比劍大會。

(17a)的「能」表能力也表臆測，帶有肯定的語氣。(17b)的「要」

表示意願，雖然也表未來，但講話者顯然很清楚主語（郭靖）的態度。至於(17c)的「會」純粹表示講話者持很充分的臆測態度。這三者的差異，講漢語者都能理解其差別。

　　假若主語變成沒有生命的名詞，則有些句子並不合適，例如(18b)，因爲「要」帶有「意願自主」的語意，而那場大火並無法決定其意願，相反的，(18d)卻是帶有個人自主判斷的成分，所以是常聽到的口語句型。又(18f)不合漢語語法，主要是「能」帶有「能力」的語意成分。

⒅

　　a.那場大火能（可能）帶來汙濁的空氣。

　　b.？那場大火要帶來汙濁的空氣。

　　c.那場大火會帶來汙濁的空氣。

　　d.看起來，颱風（快）要來了。

　　e.看起來，颱風會來了。

　　f.*看起來，颱風能來了。

　　「颱風」是否發生，固然是由講話者的個人判斷而定論，但「颱風」爲自然現象，與表能力或許可的「能、不能」無關，故(18f)無法接受，正如下雨、放晴都不可用「能」。

表意願的「想、要、願意（情願）、肯」

　　「意願」是心理名詞，外顯在動作上，必定要看整個事件的過程與結果，故這方面的用語就顯得與講話者的語氣大有關係。試比較

⒆

　　a.郭靖願意（要，肯）吃苦耐勞學會降龍十八掌。

　　b.他敢吃苦耐勞，只想學會降龍十八掌。

　　前面(19a)的「願意、情願、肯、想、要」都表示意願或決心，可見這幾個語詞在表意願時，頗有相通重疊之義。「敢」似乎要比前面幾個語詞還要進一步意願，帶有果敢或大膽冒險，不顧生命的意涵。但否

定的「敢」則大多用於表示怯場(20a)或無可奈何之義(20b)。

⑳

　　a.大家雖然給予鼓勵，他還是不敢上臺獻花給小芳。

　　b.你這樣逼迫她，她不敢不答應。

　　不過現代漢語的「想」，不僅用於表意願，而是廣泛化了，試看後面的例句。

㉑

　　a.我想你不一定要來。

　　b.我想（要）做一個稱職的英語教師。

　　c.我只想（要）表達個人不同的看法。

　　d.小華想出國念書。

　　從前面幾個例句可以看出來，「想」或「想要」並不一定表示意願，而只是一種泛泛的期許或表未來的夢想（理想），並不具有(20a)中的那種意願。此外，「要」也能用於共同認知中的作為，如「下雨外出要記得穿雨衣或撐傘。」，這句中的「要」並沒有「要求」之意，而只是善意的提醒。

複習

1.試比較後面各句中的「會」，並選出可用「能」取代的句子。

　　a.她會來吧？

　　b.天會放晴，也會下雨。

　　c.她會講英語。

　　d.她必定會是個好學生。

　　e.她會說那是你自己不要的。

2.試比較後面各句中的「要」，並選出可用「會」取代的句子。

　　a.你要這麼說我也沒辦法。

　　b.雲散了，快要放晴了。

　　c.明天她要去臺北。

d. 要嘛，你就去；不要在這裡囉嗦。

e. 她一來就要菸要酒還想要錢，真是麻煩。

3. 試比較後面各句中的「會」，並請指出其語意差別。

　　a. 氣象預報說今天下午會下雨。

　　b. 我會說日語。

　　c. 下了班，我會準時回家

表權利義務的 「應、應該、要、得、准（准許）」

　　人類是群居動物，群居必然的結果就是社會的成形。有了具體的社會，自然有兩種後果。第一，社會有階級或階層，有領導者，有被領導者，前者喜歡權勢，講話難免要聽話者應該這樣應該那樣。第二，整個社會自然就興起一種約束力量，於是有了社會規範。且請看後面的例句：

⑵⑵

　　a. 你們應該效忠國家。

　　b. 天這麼涼了，出門應該多穿衣服。

　　c. 要去參加阿伯的喪禮我們應該要穿戴整齊。

　　d. 太晚了，我們該走了。

　　前面(22a)是典型大人物講的話，(22b)則是生活常識，與社會規範無關，僅僅是種善意的提醒。(22c)和(22d)顯然是自我規範或自我約束，是一種存在於群居社會中的共識。由此也可了解，「應、應該」指的權利義務並非全是上對下的要求，更可能是存在於人們心中。前面這四句中的「應該」都能用「要、得」來取代。

　　「准、准許」多用否定句，表示雙方的階級或對立之中如：

⑵⑶

　　a. 那位教授規定作業不准（允許）遲交。

b.校園內的草坪不准踐踏。

c.長官准了我三天假。

前面⑳中的句子都存於雙方階級、年齡、或其他階層的上下關係，如教授與學生(23a)，校方與學生(23b)，長官與屬下(23c)。在上位者有權「准、准許」或「不准、不准許」。日常生活中，「准、准許」比較少見，而改用「讓」，如「你讓不讓我去你家看看？」「讓」比「准」的語氣較爲緩和，故多爲平輩之間所採用。

其他情態動詞

除了表能力、揣度、意願、及義務的情態動詞之外，「值、配、好」等也在某種情境下扮演情態動詞的功能。「值」與「配」都具有價值性的判斷，如：

⑳

a.那棟房子值得你買。

b.那棟房子配得上你。

c.那樣地位的人講這種話不值得你去計較。

d.要出國講外語，張三配嗎？

由於帶有價值、地位、肯定與否的色彩，「值」與「配」當情態動詞之時，語用（pragmatics）或語氣成分的占比很高，通常的小民百姓除了吵架、特意的挑釁，很少應用這樣的用語或用詞。如⑳講別人配不配做什麼事、任什麼職務、領什麼薪資，都是很傷感情的事。

「好」大體上是常用的形容詞，但在表「好學、好模仿、好吃……」時，「好」是情態動詞，如：

⑳

a.歐陽詢的楷書不好學。

b.那種搞笑動作很好學。

最後，我們看後面的例句，作爲情態動詞的共通性與差異性。試比較：

㉖

　　a. 你不能（不可以、不要）再給他這麼多錢了。

　　b. 你不必（不應、不得、不准、不許、不配）再給他這麼多錢了。

　　c. 我不想（不要、不能、不會、不配）再給他這麼多錢了。

(26a)的主語可以是「你、我、他」，(26b)則多以第二人稱爲主，因爲講話者帶有優勢地位或輩分。至於(26c)則以第一人稱爲主，才能表現個人的意願。

情態動詞的特性

　　本小節提到的情態動詞都有共同的特性㉗，這些特性讓這些語詞自成一個群體，以別於動作動詞。

㉗

　　a. 有別於動作動詞，情態動詞都沒有起點、終點，故不能加時態性的語尾詞如表進行的「著」、表完成的「了」、表經驗的「過」。

　　b. 不能重疊，但能出現在「A–not-A」中，如：「能不能」、「應不應該」。

　　c. 不能直接接賓語。

　　d. 可以單獨成句，特別是在標牌或公共場所的禁止告示牌，如「不能去。」、「不准游泳。」

複習

後面有幾個否定詞，請把是當的否定詞置入後述的句子中（可複選）。

不能　　不應　　不得　　不可　　不要　　不會　　不能

1. 大庭廣眾下，_____ 這樣嘻皮笑臉的不正經。

2. 那是校園最美的廣場，任何人都 _____ 進去。

3. 法官正在審案子，千萬 _____ 大聲喧譁吵鬧。

4. 公園旁邊 _____ 擺攤換賣東西。

5. 她是你的孩子，_____ 置你於不顧吧？

結語

　　本章主要講述動詞的類別、詞分類與句型的應用、動作動詞、情態動詞等等功能。動詞是句子的核心，根據現行的語法理論，動詞內在就具有次分類的界定，因此選用哪個動詞，就直接影響了句子結構的型式。

　　動詞之中，情態動詞與語氣、語言使用的關係較為密切，而語氣大抵與講話者的身分、地位、情境、與聽話者之間的關係等等有關，因此情態動詞的應用基本上並不特別固定。基於這樣的背景，情態動詞雖然在分類上有能力、揣度、義務等等類別，其實每個類別中的語詞在語意和語用上都有或多或少的重疊，這也讓情態動詞帶有相對的彈性。

綜合複習

1. 「張小姐想去看她的家人。」此句中「看」的語義與下列哪一句相同？
(2016:20)
(A)張小姐想去看一部電影。
(B)我看這個問題不容易解決。
(C)她的頭痛病讓大夫給看好了。
(D)有空的話，去看（看）以前的老師。

2. 下列重疊式詞彙，何者具有「嘗試」義？
(A)吃吃喝喝　　(B) 走走看看
(C)踉踉蹌蹌　　(D) 來來去去。

3. 「創作」、「創造」雖被視為同義詞，但二者意思仍有差異，請以動詞用法為例，各搭配三例不同的賓語，以說明二詞意義的不同。
(2023:Ⅱ:(2))

4. 試從詞法與句法的角度說明「幫助」與「幫忙」的差別，並舉例闡述之。

第八章

副詞

副詞的界定

　　副詞泛指一切表示行為樣態之狀態（包括速度、頻率、時間、模樣、黑白、長短、空間大小等等），主要用以修飾形容詞與動詞。副詞的主要語法功能在於修飾動詞、形容詞或其他副詞。

副詞與形容的差別

　　副詞主要是用以修飾動詞、形容詞或其他副詞。副詞與形容詞的差別在於修飾的對象不同。形容詞多用來修飾名詞，故多置放在名詞之前，稱為「定語」，主要是限制或指出名詞的型態、特性或特質。副詞則專職修飾形容詞與動詞，若副詞出現在動詞之前，則扮演句子中的「狀語」，如「他歡欣鼓舞地上學去了。」假若副詞出現在動詞之後，通常作為句子的補語，如「她笑得很開心。」。

　　除了固定的副詞詞語之外，副詞與形容詞的差別基本上在於結構，形容詞多由「的」詞綴表示，而副詞則由「地」來標記，如：

(1)

　　a. 小美送了一朵美麗的花給他。（形容詞）

　　b. 小美靜靜地聽他講話。（副詞）

　　c. 桌子上放著乾乾淨淨的衣服。（形容詞）

　　d. 她把衣服洗得乾乾淨淨地。（副詞）

當然這種用「的」和「地」的區分是早期白話文剛起步時常用的方式，隨著白話語文的發展，副詞和形容詞共用「的」的情形變得越來越普遍

了。且以朱德熙先生的例句(2)爲例：

(2)

　　周密的調查很重要。

該句的「的」其實也可用「地」，表示副詞，修飾動詞「調查」。若使用「的」，則把「周密的調查」視爲名詞，當作句子的主語。可見「的」與「地」的區分，反而是解釋者的區分，而與句型無關。

　　除了與形容詞相似用以表性狀、情態、動作的副詞之外，其實副詞的種類多，分類也不容易，大都語法學家把副詞分爲：程度副詞、頻率副詞、範疇副詞、語氣副詞、時間副詞、地方副詞等等，後面將逐一敘述。

複習

1.請把後列屬於副詞的語詞圈選出來。

　緩慢地　　　乾淨地　　　漂亮　　　白白的　　　靜靜地

2.請把後列屬於形容詞的語詞圈選出來。

　亮亮的　　　遠遠地　　　藍藍的　　　乾淨的　　　偶然

程度副詞

　　程度副詞，顧名思義，指修飾動作的程度。常用的程度副詞有：

A.表動作的正反程度：很、頗、非常、相當、極、超、格外、太、十分、多麼

B.表程度的比較，常用的副詞有：稍稍、略爲、比較、更（加）、最

C.表隨著時間而增加或減少的副詞有：越、越加、更爲

前面A的副詞能用於表正面（如亮麗、聰明），也能修飾反面或負面的形容詞（如奸詐、醜陋），可以(3)的句子爲例。

(3)

　　a.黃蓉很（非常、相當、極、超、格外、太、十分、頗）聰明。

b. 黃蓉多麼聰明啊！

c. 黃蓉很（非常、相當、極、超、格外、太、十分、頗） 狡詐。

d. 黃蓉多麼狡詐啊！

完全相同的形容詞，若用B組的副詞，則帶有比較之意。試比較

(4)

a. 黃蓉十分敏捷，穆小姐則稍微落後。

b. 黃蓉能比郭靖跑得更快。

c. 白小玫是慧而不敏，洪小玫則慧敏兼具。

C組的程度副詞通常與時間有關，故常用於「越來越……」的句型中，如：

(5)

a. 經過了兩星期，她越來越了解這裡的運作方式。

b. 經過了幾年的風霜，他越加成熟穩健了。

「越來越……」的句型也能用「越來越……」表示，是我們日常生活中幾乎天天都會用到的表達方式，尤其是在通貨膨脹的時代，「日子越來越難過了，物價越來越高了」是大家口頭上打招呼的常用語。

頻率副詞

常用的頻率副詞有：常常、時常、往往、不斷、動輒、又、再、反覆。這些副詞共通的特性是用於表達經常的頻率。在句子結構中，大都出現在動詞的前面，如：

(6)

a. 這幾天經常下雨。

b. 小華住這兒的時候，常常來看我。

c. 老年人一再重複說著他當年的英勇故事。

當然並非所有與頻率有關的，均要使用這些語詞，也能用時間和次數量詞共同來表示頻率，如：

(7)

　　a. 小明每個月都會來看白婆婆一次。

　　b. 小華固定每個星期三練寫十首絕句。

語氣副詞

　　「語氣副詞」指能展現講話者內心的喜怒、偏見、立場等的語詞，通常出現在小說中人物內心狀況的描寫，如：「幸虧、偏偏、居然、難道、索性、幾乎、差點兒、果然……」。比較具體的用法可從(8)的例句中得知梗概。

(8)

　　a. 幸虧黃蓉出手，否則那傢伙肯定要倒大楣。

　　b. 大家原以為白牙準沒命了，偏偏他命大，居然活了下來。

　　c. 他剛過馬路時，差點兒就被車撞到了。

　　d. 我這麼拜託你，還不領情，難道要我下跪不成？

　　前面(8)裡的句子，都帶有很深的「講話者的個人看法」，例如(8a)，「那傢伙」是否要倒大楣，並不見得是由於「黃蓉出手」，但就講話者而言，他認為準是如此，所以用了「幸虧」。又如(8c)，他過馬路時距離車子不遠，但那並不一定就會被車撞到。「差點兒」實在是講話者個人的看法，這「點」也可能有兩公尺遠。由此可知，「語氣副詞」主要是展現了講話者的個人角度和想法。

　　另外，有些表示輕微而小的語氣副詞，如：「而已」多用於句尾，而且大多時候，前面會用「才」或「只、僅」修飾，藉以加強表輕微的語氣。如：「他才不過十七出頭而已。」或「他只給我五十元而已。」

複習

1. 副詞「就」在不同語境中語法意義有別，下列各選項之副詞類屬說明，何者有誤？(2020:6)

(A)我就用了兩千元。（範圍副詞）

(B)不讓我去，我就要去。（程度副詞）

(C)不努力就不要妄想成功。（關聯副詞）

(D)你前腳一離開，他後腳就來。（時間副詞）

2. 請圈出句子中的頻率副詞。

　a. 他常常抱怨天氣不好。

　b. 他有時會去超商走一走。

　c. 他一個禮拜才來一次而已。

時間副詞

　　時間副詞是副詞中的大類別，舉凡敘述的動作與時間有關者，都會使用到時間副詞。大約能分為兩大類別，第一是由特定的時間為定點的事件，常用「昨天晚上、前天下午、兩年前、下周一、下個月……」，如：

(9)

　　a.昨天早上她就把信寄出去了。

　　b.小明預定下週四飛往美國。

　　c.這次會議到此結束，下次會議可能就在月底舉行吧。

　　另一類時間副詞，並沒有很特定的時間，但卻能表示動作的時間軸，這種副詞常用的有：「剛剛、曾經、已經、正在、將要、要、向來、隨時、總是、忽然……」就某方面而言，這種時間副詞相當於漢語時態的標記。過去，常有人說漢語是沒有「時態」（tense）或「時貌」（aspect），其實這種看法似是而非。我們可以用個長線來表示時間的過去、現在、與未來。並且把這些時間副詞略為比較，就很能理解漢語和英語在時態上的共通現象：

⑽

由⑼的時間軸來看，⑾的句子顯然都是表「已經發生過的事」，所以相當於英語的過去時式。而⑿的句子都表示「現在、當下」的動作，其中(11a, 11b, 11c)中的「正在」類似英語的現在進行式，與後面將要敘說的「時貌」有關。至於⒀中的句子，用了「預定、將、會、要」都表示未來的動作，與英語表未來的will/shall很類似。

⑾表過去的「剛剛、曾經、去年」

　　a.小華剛剛吃過飯了。

　　b.小華去年暑假到臺北旅遊。

　　c.小華曾經去臺北玩。

⑿表現在正在進行的「在、正在」

　　a.我在看電視。

　　b.我正在吃飯，要不要一起來？

　　c.不要吵，我正忙著做功課呢。

　　d.她進門時，小華正好在門口站著。

⒀表未來的「預定、將、會、要」

　　a.小華預定下個月去拜訪她的老師。

　　b.小華將會去車站接妳。

　　c.小華會來的。

　　d.小華要去臺北。

相同地，漢語也用「已經、了」表「完成」時貌⒁，用「過」表經驗⒂，用「正在」表進行(12b, 12c, 12d)。不過，「過」和「了」也可同時使用，表示經驗，如(14c)，(15a)。

⒁

　　a.小華已經做完功課了。

　　b.小華已經看了那場電影。

c.小華已經看過那場電影了。

⒂

a.小華吃過飯了。

b.小華去拜訪過神通先生。

c.她去過臺北。

只是漢語的這些時間副詞與時式或時貌的界定不特別固定，也沒有像英語那樣明確的使用劃分，因此這種英語漢語的對應也只是相對的，而不是固定的一對一呼應。尤其是像「總是、通常、隨時」等在漢語的現在、過去、未來都能使用，如：

⒃

a.我弟弟以前總是拿我的鉛筆用。（過去）

b.我出門總是糊里糊塗無法掌握方向。（習慣，現在）

c.以後嫁出門，不要老是再回來搬東般西的唷。（未來）

簡而言之，漢語的時間副詞約分為兩大類，一大類有明確的時間副詞，另一類則相當於時式與時態的指示標記。不過，有些漢語的時態或時式標記並沒有很明確的規範或區分，這可能是讓研究漢語結構的漢學家認為漢語沒有明確時態的緣故。

地方副詞

時間副詞指的是時間，地方副詞自然就是指地方。大多數的地方副詞是由「在（地點）」或「向（地點）」之類的短語結構而成的。如：

⒄

a.昨晚小華在圖書館讀了半夜的書。

b.他一路往北朝（向）彰化的方向走。

c.我沒想到會在這裡見到妳。

d.不管到了哪裡，我都會與妳保持聯絡。

e.要去哪個地方才能買到這那本書呢？

前面(17a)的「在圖書館」與(17b)的「朝……方向」是最常見到的地

方副詞結構方式。其次，「這裡」(17c)、「那裡」、與表疑問的「哪裡」(17e)是地方副詞中，表遠近差異的指代詞和地方詞共同形成的副詞短語。應該要注意的是(17d)的「哪裡」，表達的卻是沒有特定的地方詞。

　　另一種很特殊的結構是「在（地點）上／中／下／內……」。一般而言，在SVO的語序語言中，地方副詞的短語結構通常是「前介詞+地方詞」(18a)，而在SOV的語言中，地方副詞的短語結構通常是「地方詞+後介詞」(18b)。但是漢語的地方副詞的短語結構卻需要「前介詞+地方詞+後介詞」(18c)，如：

⒅

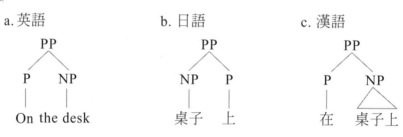

⒆

　　a.他把書放在咖啡桌上。

　　b.在校園內不能抽菸。

　　c.校園內不能抽菸。

　　d.在校園不能抽菸。

　　e.校園不能抽菸。

　　像(19a)這種結構，是日常的生活對話中最為普遍的。如果副詞結構出現在句首，則可以省略前介詞(19c)，也可省去後介詞(19d)，甚至於前後介詞都可以刪除不用(19e)。可見漢語的副詞結構在口語內還是很有彈性。

複習

1. 「這段路，張三走了三個小時。」，本句中「三個小時」的語法功能是
   作為：(2017:18)

   (A)補語　　　(B)狀語　　　(C)定語　　　(D)謂語

2. 試比較後面幾個句子，並指出該句的時式。

   a.他剛剛在超商見到張三。

   b.他忙著做家事。

   c.小華去過京都了。

   d.我正想去找老王聊天呢。

3. 請指出後列的病句，並試著修正。

   a.他把那張畫掛在牆。

   b.桌子有本書。

   c.他忘了身分證是在桌子。

範疇副詞

　　所謂「範疇」指語句或語意中用以表示全部、部分、或少許之類的
副詞，如：全、都、總共、只、僅、僅僅、單、唯獨、有些、少部分、
大體而言。這些語詞主要用於界定語句內語意範疇，且以「都」來說明
句子中語意的範疇：

(20)

　　a. 城裡的人都冷漠，鄉下的人情味都好。

　　b. 冰箱裡都是吃的東西。

　　c. 來參加這個會議的都是血性漢子。

　　「都」在漢語的語意表示「全」或「每一個」之意，因此(20a)的
「都冷漠」的範疇僅僅指「城裡的人」。不過這純是就句子而言，講話
者是否真的認為城裡的人「全」或「個個」都冷漠，是另一個問題。一

般而言，(20a)是很多人常講的話，但這裡的「都」其實僅僅是講話者的印象，或者是他個人選擇用詞的問題，卻絕對並非指「所有城裡的人都冷漠」。因此，漢語大部分的「都」其實與「多」語意相似，只是指「比較多的城裡人」是冷漠的，而大部分的鄉下人卻相對地有「好人情味」。

　　此外，「都」常用於加強語氣中的對比，多半出現在連字句或「甚至……都」之中，這樣的「都」主要還是用於表示「總數」如：

(21)

　　a.老婆婆什麼都計較，連那盆小花都要算錢。

　　b.他當衛生股長，大掃除時，甚至窗櫺都不會忘記檢查。

　　「都」還能用於表是純粹的語氣詞，可刪可留，表示大約或者是大體而言的語意，如：

(22)

　　a.都什麼時代了，還忘不了農村時期的窘困生活。

　　b.你教的鋼琴班，都有哪些學生？

　　最後，「都」也用來表示「已經」或「到了」之意，如：

(23)

　　a.都十二點半了，老師還不想下課。

　　b.都要退休了，班導還在碎碎念我們的功課。

　　c.都十幾年不見了，不要老是再提當年的恩怨了。

　　與表「全數」的「都」相對的是「只、僅」，就語意而言，「只、僅」表示範疇內的那個少部分，且以後面的句子來說明。

(24)

　　a.場內僅剩少數觀眾。

　　b.我這幾天僅僅靠饅頭過日子。

　　c.我以後就只有靠妳過日子了。

　　d.我心中只有你一人。

「只、僅」所指的範疇有些屬於不定量，如(24a)的「少數」的範疇，

主要指「觀眾」，而內在的「僅」有可能是由上千人走掉大部分而剩下幾百個人，也可能是五個觀眾中有三人離開了而剩兩位。因此，這句中的「僅」並沒有固定的語意範疇。比較之下，(24d)的「只」的範疇相對明確，指的是「你一人」。

自有語法研究以來，與範疇有關的副詞詞語，不論是用法或語意一直是語言哲學家或邏輯學家感到興趣的課題，然而迄今為止，這方面的研究還在起步階段，有待未來更多人力與研究的投入。

轉折副詞

副詞既然是表示動作或心中對於某個動作的語氣，因此表達語氣相關的轉折語相對地在語用上扮演很重要的角色。這方面的副詞常用的有如：反正、簡直、卻、既然、雖然、即使……等等。「反正」與「簡直」在語意上帶有總結意味的轉折。如：

⑵⑸

a.他這麼說，反正也沒有損害到你的權益。

b.他這麼說，簡直就是來找碴的。

「反正」指「總結而言，並沒有……」的意思，而「簡直」指「總結而言，他就可說是……」，兩者一正一反，都是表語氣的轉折。更常的用法如「他反正不會支持我的看法。」、「他簡直就是衝著我來的。」也透露這種用法。

「卻」多用於前後兩者的相反語氣，與「但是」很接近，如：

⑵⑹

a.他很想讓孩子自由，卻又擔心孩子不夠成熟。

b.他一心想往前跑，卻因過度疲倦而力不從心。

究其實際，「卻、既然、雖然、幾使、假如、如果……」也同時很重要的連接詞，將在第十章再度的深入討論。

其他

　　由於副詞的種類繁多，有些無法逐一歸類，如：表否定的「不、沒、一點……也不（沒）、既不（沒）……也不（沒）……等等」，又如：表極度肯定的臆測語詞，如：「必然、必定、準、絕對、百分百、既……又、不僅……而且……」。還有表雙重否定的加強詞，「不得不、無……不、莫……非……」。且以後面的句子為例。

⑵⑺

　　a. 你講的話，我一點也不懷疑。

　　b. 小明的演講既沒有豐富的內容也沒有值得學習的經驗。

　　c. 小華又缺席了，必定他的病情還沒有復原。

　　d. 那位候選人不僅能言善道，而且還執行力很強，值得肯定。

　　e. 在法庭的追問之下，他不得不把實情全盤講了出來。

　　f. 關於那個傳聞，我絕對沒有不可告人的祕密。

至於表範疇的「全、都」和否定連在一起時，否定的範疇很引起爭論，且看後面的句子。

⑵⑻

　　a. 全班同學都不贊成去三地門遠足。

　　b. 不是全班都贊成去三地門遠足。

　　c. 小華和小明都不承認。

　　d. 不是小華和小明都承認。

　　e. 小華或小明都不承認。

　　一般狀況下，(28a)與「全班沒有一個同學贊成去三地門遠足」同義，表全部否定，而(28b)則表示部分否定。換言之，(28a)與英語的 all…not (All that glitters is not gold.)不同義，英語的all…not相當於(28b)。不過，我們前面討論(20a)時，發現大部分漢語使用者並非把「都」全看成「全數」，因此也有語意學者認為(28a)與(28b)根本上並沒有太大的語意差異。

　　相同的道理，(28c)和(28e)的語意大有分別，主要是(28e)基本上與

(28d)的語意差異不大，但大多數漢語使用者可能會認爲(28c)表示「小華和小明」兩者均「不」承認。由此可見，所謂範疇副詞在語言使用方面還存有很大的研究空間。

複習

1. 試著分析下列句中七個「多」，共可分爲幾類，並說明其詞性與意義。
(2016：Ⅱ：(2))
A：你看今天的天氣多好啊！
B：對啊！天氣一好，外面總是有那麼多人。
A：那你覺得人多是好還是不好？
B：我不太喜歡人多的地方，人多的地方，吵吵鬧鬧的多煩人啊！但如果我想多吃東西的話，我一定要去人少的餐廳。
2. 試比較後面幾「都」，並分析其語意、詞類、句法上的差異。
a. 都半夜了，他還不離開。
b. 父母親這樣做，全都爲了你好。
c. 不是來參加會議的人都要講話的。

結語

　　副詞是用來修飾形容詞或動詞的詞類，由於形容詞多以形狀、長短、高矮、肥瘦、寬窄等描述用詞，故副詞主要是用來彰顯這些形容詞的程度或特性，多以狀態爲主。此外，副詞也用以修飾動詞（動作）的誇張、動態樣貌，同樣都與狀態有關，故語法上把副詞的語法功能定爲狀語，如「慢慢地、快速地」表走路、跑步、吃飯的狀態，又如用「優雅地、美妙地、愉悅地」表唱歌、跳舞、朗讀、表演等動作的樣貌。或者以「蒼白得嚇人、紅豔得粗俗」則顯示副詞修飾形容詞的功能。

　　除了樣貌、狀態之外，其實副詞也多用於表時間、地點、條件、讓步、以致於時間、程度方面的遞增或遞減，如「漸漸地他明白了那件事，後來他逐漸了解人事之間的奧妙。」另外副詞還有個很重要的領域，那就是否定詞「不」和「沒」的區分，將在第十三章討論。

第九章

介詞、短語、句子

引言

　　本章要探討三個子題：介詞、短語結構、句子結構。由於短語多半是由介詞而來，因此我們先了解介詞，再討論短語。由於短語與句子不同，因此本章將就這兩者的差異稍加說明。

介詞與動詞的區分

　　介詞是相對特殊的詞類，第一，介詞很難界定，應該說就像英語的 of, in, on 之類的功能，因此介詞主要是與後面的名詞形成短語結構。第二，漢語的介詞多半由動詞轉換而來，因此漢語的介詞與英語的介詞本質上有很大的差別。不過，介詞的特性是不能單獨形成句子。

　　要區別動詞和介詞，應該先從例句開始，試比較後面的幾組句子。

　(1)

　　a.他給我一本書。（動）

　　b.那本書竟然給弄丟了。（介）

　(2)

　　a.小明昨天到了臺北。（動）

　　b.小明無端跑到東京去了。（介）

　(3)

　　a.小明跟著姊姊去看燒王船活動。（動）

　　b.小明跟姐姐一起去看燒王船活動。（介）

透過前面三組句子的對照，我們大約可以看出動詞與介詞的差異之所在，且以(2a)和(2b)為例。(2a)的「到了」顯然是個動詞，而(2b)的「到」相當於英語的to，因此用「向」也不會差別太大。換言之，「到東京去了」是個介詞短語，句子的主語是「小明」，動詞是「跑」。所以(2b)的「到」並沒有動作，這與(3b)的「跟」（相當於「和、與」）相同都是介詞。

複習

1. 試分析下列各句中「到」的語意與語法功能。

   a. 秋天快到了。

   b. 我終於找到錢包了。

   c. 他上個月搬到了日本。

   d. 把成績單寄到學生家。

   e. 李四昨天寫功課寫到幾點呢？

2. 下列三句中的「對」分別是什麼詞性？(2023:18)

   ⑷他需要「對」消費者負責。

   ⑻請「對」一下答案。

   ⑼這樣做很「對」。

   a. 介詞、動詞、副詞

   b. 連詞、動詞、形容詞

   c. 介詞、動詞、形容詞

   d. 連詞、介詞、形容詞

3. 請區分後面三個「在」的詞類和用法。

   a. 他住在臺北。

   b. 他在聽音樂。

   c. 在情緒崩之時，他無法多想。

介詞的類別

介詞的分類主要是以其後的名詞類別來界定，比較常見的約有：地方、時間、原因、對象、事實、其他等等類別。

地方或空間

與地方或空間連結的介詞很多，在此僅舉比較常用者為例：在、自（自從）、由（從）、向（朝、往）、沿（著）。我們先看後面的例句：

⑷
　　a.從這棵香蕉樹開始，一路到四里外的檸檬樹，都是你的家業。
　　b.向東走兩公里，你就能看到那棟白色的房子。
　　c.在這種地方，只要肯賣力耕作，不怕沒得吃。
　　d.沿那條水圳往南，就是學校了。

除了(4c)的「在」之外，其他的「自、從」都是指某個定點開始，「往、沿、朝、向」則指名方向或空間。雖然表面上有各種不同的用詞，可是基本上卻明確地說明，其用法屬於表空間、表地方的介詞，很固定地以某定點開始，朝某個方向去。

「在」比較不同，因為「在」表某個固定的地點，相當於英語的at，也因此「在」也可用於時間（如「在夜晚你可以看到很多螢火蟲。」）、也可表原因（如「在他受傷當下，無法趕來開會。」）。換言之，由於「在」指固定的點，所以能應用在各種不同的名詞類別。

時間

表時間的介詞，有很多與表地點的介詞是相同的，尤其是表某個定點到某個定點之間，與表空間的介詞幾乎都相同，如：自（從）、由、在。至於僅用於表時間的介詞，常用的是「於」，多帶有文言的餘緒，如「生於1990年、死於2020年」，又如「於今之世，我只能自求多福

了。」不過在應用文中，像(5)內的句子還是很常用。

(5)

　　a. 列印紙本將於後天寄出去。

　　b. 囑託之事，已於日前開會解決。

　　另一個常用於表時間的介詞爲「當」，這應該受到歐化影響之後的白話，如(6)，多見於坊間的文學翻譯作品中。

(6)

　　a. 當你見到他時，他會把一切告訴你。

　　b. 當太陽升起來的時候，我總是喜歡坐在飯桌前喝咖啡。

　　c. 你見到他時，他會把一切告訴你。

　　d. 太陽升起來之時，我總是喜歡坐在飯桌前喝咖啡。

由於「當……時候」帶著很深的歐化味道，詩人作家逐漸改用「……（之）時」，作爲表示時間的句子，如(6a)常改爲(6c)，把(6b)改爲(6d)。

原因

　　表原因或原由的介詞，常見的有：爲（了）、基於、源於、由於。其相關用法且看後面的例句：

(7)

　　a. 爲了孩子未來的健康，孕婦最好戒掉菸酒和咖啡。

　　b. 基於他的房屋受災慘重，目前不要逼迫他繳款。

　　c. 現場觀眾無不爲他超讚的表演喝采。

　　d. 由於病況不穩，他還是留在醫院治療。

「爲（了）、基於、源於、由於」是介詞，引導原因、目的的短語，以後在第十章談連接詞時，會再見到表原因的句子，基本上短語是沒有主語或沒有謂語的結構，而句子卻要有主語和謂語，試比較：

(8)

　　a. 由於他的病況還不穩定，他還是留在醫院治療。

b.現場觀眾都爲他喝采,因爲他的表演超讚的。

(8a)是從(7d)改寫而來,差別就在於(8a)的「他的病況還不穩定」是句子,「他的病況」是主語,「還不穩定」是謂語。同樣地,(8b)改寫自(7c),差別也是(8b)的「因爲他的表演超讚的」是句子。

事實

有關事實表述的介詞,約有兩種,一種表相關性,常見的有:關於、對(於)、至於,這些介詞多有語氣或語意轉折的功能。另一種以事實作爲講話的根據,常見的有:(根)據、按(照)、依(據)、以,這些介詞多用於對談中的判斷或經驗傳承。請參見後面的例句。

(9)

　　a.對於小明這兩年的表現,我覺得值得鼓勵。

　　b.根據妳的講法,我就不用跟他道再見了。

　　c.關於氣候變遷,他寫了一分很厚的報告,至於內容嘛,你看看就好。

任何語言,對於相關性的介詞,都有很多不同的語詞,因此(9)內提到的三種,只是比較常見於口語表達或書面文件內。很多狀況下,會改用「與(和、跟)……相關」來表示。例如(9a)也常改用「若講到與小明這兩年的表現有關的建議,我認爲他還值得鼓勵。」

至於作爲根據的相關介詞,可以(10)的語句爲例。

(10)

　　a.按目前的進度而言,要在九月分趕完這工程有點困難。

　　b.根據外電訊息,生成性AI有可能在一兩年內改變大家的觀念。

　　c.以他復原的狀況來判斷,他絕對不可能在下週前來上班。

　　d.凡事依照SOP來做,會把災害損失降到最低程度。(SOP=標準作業流程)

由於「(根)據、按(照)、依(據)、以」除了當介詞外,還能當連接詞,所以也能引導附屬子句,如:

⑾

　　a.按目前<u>工程進行程度</u>而言，要在九月分趕完有點困難。

　　b.根據外電報導，生成性AI有可能在一兩年內改變大家的觀念。

　　c.凡事只要能循句漸進，絕對會降低災害損失。

前面(11a)基本上就是(10a)的改寫，只是(11a)是句子，但(10a)是短語。可見介詞主要是引導短語，而連接詞則引導句子。

其他

　　除了前面介紹過的幾種介詞之外，還有幾個比較難以歸類的介詞，如：連、除外、趁。「趁」後面常接時間或機會，用法相對地固定，如：

⑿

　　a.趁著疾風來的時候，他們把帆都張掛起來。

　　b.趁著組長不在的機會，我們趕快溜去買些冰水。

　　c.趁著手腳還能動，還是多多出去外邊走走。

　　至於「連」形成了固定常用的句型，如「連……都」。要注意的是，「連……都」可以用在肯定與否定，兩者的表現語意，大不相同。如：

⒀

　　a.連熟門熟路的張三都不知道有這間鴨肉店。

　　b.連很少外出的張三都知道這間鴨肉店。

　　前面這種兩種情形下，哪間鴨肉店比較有名呢？(13a)表示「那間鴨肉店」很少人知道，連「熟門熟路的張三」都不知道，可見知道的人很少。(13b)的鴨肉店顯然很有名，連「很少外出的張三」都知道。可見連字句頗有加強語氣的功能。

　　至於「除……（以）外……」後面可接肯定(14a)也可接否定(14b)。這表示漢語的「除了」句型，同時具有英語的in addition to和except兩種功能，這也是讓漢語學生在學英語時，常常搞混in addition

to和except的原因。同樣的道理，英語系的學生在學漢語時，也常常對
於這種句型感到困惑。

⑭

　　a.早餐，除了三明治之外，她還還常常點一杯咖啡。

　　b.除了晚餐之外，他絕不在外頭吃飯。

以上我們檢視了漢語介詞的五種類別，也同時掌握了漢語介詞的用法與
相關的句型。後面來看介詞的語法特性。

介詞的特性

　　介詞都為虛詞，沒有特定的語意，也不能單獨成句，如我們從沒有
用過也沒聽別人講過像「*張三給我、*張三對我、*張三對於我、*關
於張三」（用*表示該句不合語法）。

　　由於介詞是虛的，不能做謂語，故不能在後面接表時態的「著、
了、過」等標記語詞。

　　不過，介詞最大的特性就是與其後的名詞形成短語，這些短語可以
是名詞，可以當主語或賓語⑮，也可能是形容詞，當定語⑯；當然大多
數的介詞短語本質上是副詞，修飾動詞⑰。

⑮

　　a.跟你合作真是愉快的經驗。（主語）

　　b.我一時也不明白要朝哪個方向。（賓語）

⑯

　　a.我們對AI的了解才剛剛起步而已。（定語）

　　b.沿山而建的民宿特別值得去住住看。（定語）

⑰

　　a.他一上臺，就很專注地向大眾傳教。（狀語）

　　b.以他的政經地位而言，不應該住那麼侷促的小房子。（狀語）

簡而言之。介詞是很特別的詞類，每個介詞本身並沒有很固定的語意，
但是在句子中卻引導了許多短語結構，這些由介詞而形成的短語，本質

上具有名詞、形容詞、副詞的特性，因此能在句子中扮演主語、賓語、定語、狀語等功能。

複習

1. 下列哪個「對」擔任介詞？(2016:25)

　(A)他說的不完全都「對」。　　(B) 他「對」我有一點意見。

　(C)他家大門「對」著馬路。　　(D) 他這個人「對」錯不分。

2. 請把後列句子中的介詞圈選出來。

　a. 他沿著那條馬路前行兩百公尺。

　b. 他從三年前到現在都住在這裡。

　c. 我跟他說明事情發生的經過。

　d. 連小華都不知道這件事。

　e. 就現有的檔案來看，他並沒有做錯決定。

短語的界定

　　短語會是後面我們常見到的術語，必須先在此界定與說明。「短語」相當於昔日英文文法中的片語（phrases），有人稱之為「詞組」，本書概稱之為「短語」。

　　「短語」和句子不同。在第一章我們講過，句子指「有主語有謂語而語意完整者」，但漢語屬於主語可省略的語言，故有些句子可以沒有主語。有些句子短如「水流走了。」，但仍然有主語（水），有謂語（流走了）。有些句子沒有主語，如「走吧！」、「（你）滾開！」無論如何，句子都有明顯的完整語意。比較之下，短語不需要主語或謂語，卻有獨立的語義，如：「玻璃窗、三間房、倏起倏滅的、火光微弱的」都具有獨立的語義，都不屬於單詞，故歸類為短語。

短語的結構方式

　　短語首先要集中在名詞短語、動詞短語、形容詞短語、介詞短語的內在結構。根據衍生語法（或生成語法）的概念，短語的結構基本上為：（後面N=名詞，V=動詞，A=形容詞，P=介詞。而NP，VP，AP，PP之中的P（phrase）=詞組或短語。Det（Determiner）泛指所有的形容詞，包括數量詞、指示形容詞等等。）

⒅

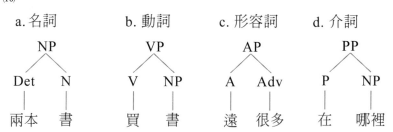

　　由⒅的短語結構，很容易看清楚，只要是名詞短語，其內必有名詞作為核心語詞，動詞短語必有個動詞為核心，形容此短語必有個形容詞，介詞短語必有個介詞。簡而言之，若把名詞、動詞、形容詞、介詞看作X，則我們可以說「凡是X短語，必定有個X」，這就是有名的X短語結構理論。

　　除了根據詞類而形成的短語之外，還有很多跨類別的短語結構方式，且以後面幾種為例細加說明。

　　A：介詞+名詞

　　就結構而論，介詞+名詞應該是最多、最常見的短語結構方式。又以後面幾種為多。後面(19a)是很典型的介詞短語（屬於名詞）。(19b)的「裡」與(19c)的「裡面」都指空間或地點，帶有名詞的特點。所以這裡也把「裡」和「裡面」看成名詞，以符合漢語核心詞在前的結構原則。

⒆

　　就語法功能而言，「介詞＋名詞」而成的短語，可以做主語或賓語
⒅、可以做謂語⒆、也可以做定語或補語⒇。

⒇

　　a.有關那件事實在傷透了小明的心。（主語）

　　b.從這個角度你可以看到校園裡。（賓語）

(21)

　　a.你再向前往南走就會看到學校的鐘塔。（謂語）

　　b.你從這裡可以沿路看花看到盡頭。（謂語）

(22)

　　a.這是小華送給你的生日禮物。（定語）

　　b.那些咖啡杯是媽媽買來送姐姐的。（補語）

　　從前面幾個例句，可以看出來由「介詞＋名詞」而形成的短語，在
語法功能上可以扮演各種不同的角色，或為主語、或為賓語、或為謂
語、或為定語、補語。換言之，短語有各式各樣的語法功能。

　　不僅語法功能很多元，短語的結構型式也很多樣。如：

(23)

　　a.量詞＋名詞：三杯咖啡、三千佳麗、兩種情懷

　　b.形容詞＋名詞：山上的咖啡、臺灣的風景、相同的夢

　　c.名詞＋名詞：石板屋、木地板、水泥牆、陽臺

　　d.副詞＋形容詞：非常清白、很漂亮、太敏銳、過於透明

　　e.副詞＋動詞：緩緩地走、慢慢地唱、悠悠地期待

f.動詞+補語：唱得眞好、過得好快、望穿秋水

g.動詞+動詞：走過來、慢跑過去、會想念

h.動詞+名詞：買東西、賣雜碎、打傢伙

如果從更宏觀的角度來看，(23a-23c)的短語都是名詞，故稱爲名詞短語，而名詞就是構成名詞短語的核心，如(24a)。(23d)基本上就是形容詞短語，其核心即爲形容詞如(24b)，而修飾形容詞的就是副詞，如「很、非常、太」。(23e)-(21h)內的短語都有動詞，基本上可以稱爲謂語短語如(24c)。動詞短語的結構中，(23h)基本上就是(24d)〔賓語〕，至於(23f)也屬於(24d)〔補語〕，其他的(23e,23g)都由(24c)而來。

(24) a.　　　　　b.　　　　　c.　　　　　d.

名詞短語　　　形容詞短語　　　動詞短語　　　　動詞短語

A　名詞　　Adv.　形容詞　　Adv.　動詞　　動詞 補（賓）語

我們介紹詞類時，已經說明各別詞類的特性。形容詞用來修飾名詞，副詞用來修飾形容詞或動詞。因此，我們應該也知道能出現A(adjective)的必然是形容詞（包括量詞、數詞）或名詞。更知曉能出現在(24b) adv.位置的必然是副詞。同樣的道理，能出現在(24c)位置的必然是副詞，而出現在(24d)動詞後面的，原則上可能爲名詞（當賓語），也可能爲副詞，當補語（如：她歌唱得很動聽。）換言之，我能能從(24)的四種結構概念，了解(23)的各種可能的短語結構。更可以預測，(25)爲名詞短語，可以作主語或賓語。(26)爲形容詞短語，做定語或補語，(27)爲副詞短語，能做狀語。而(28)爲謂語短語。

(25)

a.三杯咖啡足以讓他整晚都睡不著。（主語）　　一類(23a)

b.他去買了兩瓶可樂。（賓語）　　一類(23a)

c.那間石板屋坐落在山頂上。（主語）　　一類(23b)

d.我找不到那個帆布袋。（賓語）　　一類(23c)

⑵

　　a. 我喜歡觀賞那湖<u>非常透明的</u>清水。（定語）　　　一類(23b)

　　b. 她端過來給我吃的菜總是<u>很好吃的</u>。（補語）　　一類(23d)

⑵

　　a. 小華<u>慢慢地</u>走向她喜歡的人那邊去。（狀語）　　一類(23e)

　　b. 他<u>悠悠地</u>在那兒唱歌。（狀語）　　　　　　　一類(23e)

⑵

　　a. 那天晚上她的歌唱得<u>真好聽</u>。（補語）　　　　　一(23e)

　　b. 他慢跑<u>過去</u>找小明。（補語）　　　　　　　　　一(23h)

　　c. 小芳走過去慰問<u>那些孤兒</u>。（賓語）　　　　　　一(23b)

　　迄今，我們大約從兩個角度來討論和介紹了短語。就結構而言，短語可以是介詞+名詞，也可以爲形容詞+名詞，可以是副詞+形容詞，也能動詞+副詞，這些繁複的結構變化可以歸納爲⑵的四種結構。就語法功能而言，短語和其他詞類很相近，要看短語的類別而定。名詞短語能有做主語、賓語。形容詞短語能做定語、補語，而謂語短語結構內可能是動詞接補語或接賓語。

複習

1. 請以本節⑴中的圖示，話出後列短語的結構。

　　a. 在小花家

　　b. 進去喝茶

　　c. 跟他講話

　　d. 關於那件事

　　e. 走去買書

　　f. 非常匆忙地

　　g. 跟那件事

2. 請標出下列劃線短語的語法功能。

　　a. 那位姑娘<u>慢慢地</u>喝完那杯<u>桌上的</u>咖啡。

b. 大叔很用力地跑去買本書送給孫女。

c. 有關那本書的故事太多了。

d. 我現在不想談論關於他的私事。

e. 他在臺上唱得幾乎沒力了。

句子的類別

　　句子分為單句和複句。凡是單一主語單一謂語者，稱為單句。凡有兩個以上的主語與謂語者，稱為複句，如：

㉙

a. 張三走了。

b. 張三和李四都走了。

c. 張三去了臺北，但是李四來了高雄。

d. 雖然天氣不很好，張三還是得出門工作。

e. 去年我去拜見張三時，他家門口的棗樹還在。

　　前面(29a)，結構很簡單，只有一個主語（張三）、一個謂語（走了），是最典型的單句或簡單句。(29b)雖然有「張三和李四」，但他們同屬於一個主語，所以(27b)也是個單句。比較之下，(29c)基本上是由「張三去了臺北」與「李四來了高雄」兩個句子，由連接詞「但是」連結而成的複句。這種複句由於是兩個平行或平等的句子連結而成，稱為並列複句。(29d)與(29e)傳統上稱為複雜句，基本上是由一個附屬子句（即連接詞「雖然、因為、假如」引導的句子）和一個主要子句連結而成。漢語語法學家喜歡用「偏正結構」來稱呼，正的就是主要子句，偏的就是附屬子句。關於複句結構，將在第十章詳細討論。

複習

1. 下列四句中，何者屬於複句？
   (A)即使在雨中，也是享受。
   (B)他頭腦很好，身體也很強壯。
   (C)最傑出的詩人也寫不出這麼美妙的詩句。
   (D)無論什麼情況，小明總能在大自然中找到平靜。

2. 請把後面屬於單句的句子圈出來。
   a. 我讓小明去擦地板。
   b. 小名哭著走開了那個地方。
   c. 我本來不想去，但是後來還是去了。
   d. 如果你用心點兒，就不會搞出這個問題了。
   e. 小芳最後笑容滿面地離開會場。
   f. 他答應現場的朋友絕對會跟大家一起打拼。

結語

　　本章討論三個主題，分別為介詞、短語結構、句子類別。介詞是虛詞，通常沒有特定的單一語意，其語意多由句子的結構而定。在形式上，有些介詞與動詞享有相同的漢字與音節，讀音也相同，但是用法上卻大不相同，特別是動詞能接表時貌的標記，如「著、了、過」，但是介詞卻不能。

　　用法上，介詞可分為地方、時間、原因、對象、事實、其他等六個類別。其實，每個類別劃分均以句子的內容而定，有些介詞其實是跨類別的，如「從這裡到學校都能看到很多樹木。」的「從」表地方，但是「從昨天到今天，她一直掛念兒子的安全。」的「從」表時間，而「從他那裡，我得到很多有用的資訊。」的「從」是表事實。可見介詞的類別必須以句子的內容或語意而定。

　　短語類於片語，也稱為詞組，其結構與介詞頗有關係。不過，短語的結構形式非常的多元，故一般的名詞與名詞（桌腳、石頭屋）、名詞與動詞（心跳得厲害）、形容詞與副詞（好得很）、副詞與形容詞（太漂亮、過於美好）等只要沒有主語、謂語的結構形式，概稱為短語。

　　由於短語與句子有別，本章也探討句子的簡單分類：單句、複句的結構。單句指僅有一個主與一個謂語的句子形式，而複句則多由於連接詞把多於一個句子連接起來而形成的句子結構。「烏雲散了」是單句，但是「烏雲散了的時候，我們就準備回家了。」就是很典型的複句。

複習

1. 下列各短語內標記底線的詞，哪一個不是中心詞？(2016:5)

　(A)電影雜誌　　　　(B) 期中考試　　(C) 心情愉快　　(D) 歷史教訓

2. 下列哪句不是主謂謂語句？

　(A)這件事我來處理。　　　　　　(B) 老張身體很好。

　(C)任何困難我們都能克服。　　　(D) 王小姐黑頭髮，大眼睛。

3. 下列漢語介詞短語（劃線處）何者的語法功能主要當作定語？(2022:18)

　(A)大華從小就喜歡音樂。　　　　(B) 老師將獎狀掛在牆上。

　(C)小明住在朝南的房子。　　　　(D) 這些安排都是為了你。

4. 下列哪句劃線的詞語不是補語？(2022:29)

　(A)叫他馬上來。　　　　　　　　(B) 不要再說下去了！

　(C)只要再看一眼！　　　　　　　(D) 等了半天你才來。

5. 下列哪一個詞組的結構類型為述補詞組？(20 23：22)

　(A)他買了三本書。　　　　　　　(B)學習唱歌跳舞。

　(C)希望他努力讀書。　　　　　　(D)激動得流下眼淚。

6. 下列句子在語意表述上，出現詞語搭配不適切的是哪一個選項？(2022:23)

　(A)這件事一言難盡，且聽我慢慢道來。

　(B)三年來，他對我的憤恨始終沒有解除。

　(C)到目前為止，整個計畫進行得非常順利。

　(D)隨著天氣轉壞，他只好取消這次登山活動。

第十章

連接詞與複句類型

連接詞的界定

　　連接詞可簡稱為連詞，主要的功能是連接兩個（或以上的）語詞、兩個（或以上的）句子，形成更長的語句或複句，藉以表達更為豐富的語義內涵。連接詞與介詞相同，都屬於虛詞，沒有實質的語意，不過在用法與功能上，連接詞卻具有很豐富的語意蘊涵，例如「但是」與「而且」，前者代表連結詞前後的語詞或語句在語意上是相對或者說是不同的，如「他感冒很嚴重，但是他還想吃冰。」而「跟」則代表連接詞前後的語詞或語句基本上是同類別或者是有相似的動作，如「小明不僅是國中生，而且是模範生。」

連接詞、介詞、動詞

　　有些連接詞、介詞與動詞具有相同的漢字與讀音，如「卻、跟、和、同……等等」可當連接詞、動詞和介詞，但三者在用法或句子功能上並不相同，試比較後面的幾組句子。

　　⑴
　　　　a.小明跟小華都是國中生。（連）
　　　　b.小華跟小明都是國中生。（連）
　　　　c.小華跟小明講了一個故事。（介）
　　　　d.小明跟小華講了一個故事。（介）
　　　　e.小華一路跟著小明走到遊樂園。（動）

⑵

　　a.郭靖和黃蓉最後成了師兄妹。（連）

　　b.黃蓉和郭靖最後成了師兄妹。（連）

　　c.黃蓉和郭靖指出了當下的困難之處。（介）

　　d.郭靖和黃蓉指出了當下的困難之處。（介）

　　e.黃蓉與郭靖共同和了哪一場賽局。（動）

前面(1a)和(1b)只是兩個名詞的前後對調，並不會影響該句的語意，這表示(1a)和(1b)的「跟」為連接詞，它的功能只是連結前後兩個名詞，並沒有特別的語意。不過，同樣的「跟」在(1c)和(1d)裡，前後的名詞對調，會產生不同的主語，最後影響了句子的語意。在(1c)裡，講故事的是小華，但在(1d)裡，講話的卻是小明。這兩句的「跟」是介詞。另外，(1d)中的「跟」卻是動詞，故能接語態標記「著」。經由這樣簡易的比較說明，即可理解連接詞、介詞、和動詞之間的差異。

　　同樣的道理，(2a)和(2b)的「和」是連接詞，而(2c)和(2d)的「和」是介詞，也可用「爲」來代替，表示「幫忙」之意，如(2c)可改爲「黃蓉幫郭靖指出了當下的困難之處」。(2e)的「和」是動詞，表示「打平」的意思。

　　從前面的分析，約略了解介詞、連接詞、動詞的差異，這三者中，僅有動詞爲實詞，另兩個都是虛詞。就虛詞而言，連接詞相對地容易辨識，因爲連接詞主要是連結兩個語詞（通常是相同的詞類），而介詞則大都與其後的名詞形成短語結構。例如在(1c)的「跟小明」是副詞短語，用來修飾「講了一個故事」。換言之，在(1c)中，主語是「小華」，謂語是「講了一個故事」，其中，「講了」是動詞，「一個故事」是賓語。

複習

1. 請指出後列各句中「與」的詞類。

   a. 小明與小梅是同班同學。

   b. 小明與小梅解說那件事情的始末。

   c. 小明參與了小梅生日舞會的籌備工作。

2. 請說明後列「跟」的語意和句法差異。

   a. 他跟著我大聲呼叫。

   b. 他跟我說他心中的祕密。

   c. 他跟她是鄰居。

連接詞的類別

　　連接詞通常根據功能與用法來分類，常見的分類有：對等連接詞、附屬連接詞，前者以連接相同的語詞或語句為主，附屬連接詞則通常形成附屬子句，表示時間、地點、讓步、原因、目的、假設等等。用附屬連接詞連結的句子，連結了兩個句子，語法上把這種「由兩個子句並聯而成的句子」稱為複句。與複句相對應的就是單句或稱為簡單句，通常就只有一個動詞。

對等連接詞

　　對等連接詞基本上就是連結兩個或以上的語詞、短語、或者語句。約而言之，又可分為兩三類。第一種只限於語詞或短語，如(3)中的「和、跟、及、以及」，而且這四個連接詞的用法很相近。

(3)

　　a. 小華和小明都念同一所學校。

　　b. 敘述者可說在小說情節的局內跟局外，交叉進行。

　　c. 在臺上及臺下他都很照顧妳。

　　這種連結詞形式，雖然有連結兩個名詞，但句子仍然屬於單句。

　　第二種對等連接詞則僅用來連結語詞、短語、語句，常見的有「並（且）、而（且）、或（者）、不但……而且」。如後面(4)、(5)就是連接兩個語詞的例句，這種句子屬於單句，因為只有單一的主語或謂語。

(4)

　　a. 街頭賣的水果，不但<u>鮮</u>而且<u>艷</u>。

　　b. 這次生日他想送妳<u>鮮花</u>或者<u>蛋糕</u>。

(5)

　　a. 走出校門他才發現<u>多了朋友</u>而<u>少了親情</u>。

　　b. 拉起窗簾，夕陽的餘光仍然<u>令人目眩</u>，而且<u>讓人感到炙熱</u>。

　　c. 畢業後，擺在眼前的是<u>踏入社會</u>或者<u>留在校園</u>。

　　前面(4)和(5)的語句還是屬於單句，因為主要還是只有一個主語或只有一個謂語。不過，對等連接詞也可連結兩個句子，所形成的複句稱為並列複句(6)。

(6)

　　a. 她不但這樣懷疑先生，而且她還四處布眼線想找出證據。

　　b. 我可以給妳line或者我會直接去找妳談這件事。

　　c. 明天我會直接去機場送妳，而且還會買一束花給妳。

　　前面(6)的例句形式由於是連結語句，所以最後所形成的句子都是複句。像「並（且）、而（且）、或（者）、不但……而且」之類的連接詞，不但能連結語詞(4a)，還能連結短語(5b)、也可連結兩個語句(6)。

　　第三種對等連接詞只限於連結句子，通常不連接語詞或短語。常見的這類連接詞有「何況、而況、況且、寧可……也不要（願）、與其……不如、以致（於）、於是、從而」，如：

(7)

　　a. 去他家的通路彎彎曲曲，何況現在又下大雨，泥濘不堪。

　　b. 他現在居無定所，收入又不夠，況且他又不節儉，未來可能連飯

都沒得吃。

　　c.他家世好，有現成的房子，而且他是獨子，未來准會繼承家業。

　　d.小明是有為的青年，何況他又剛考過高考，前途無量。

　　「何況、而況、況且，尤有進者」都是表前一情況不太好，而後者更差的遞進語意，也可能是先指明的情況不錯，而後者更好的遞進，所以這種連接詞所形成的句子，稱為遞進複句。現階段的語文教學中，遞進複句為基礎教學階段很重要的句型。

　　另一種連接詞表「寧A（而）不願B」或「與其A不如B」的語意，用詞可能很不同(8a-8d)，但都表「要A捨B」的對比與強調。但要注意的是這種句型中的A或B多為句子或簡化過的句子(8d)，少用語詞。

⑻

　　a.與其這樣扭扭捏捏，不如取消這次的相親活動。

　　b.臺灣中小企業多，主因是大部分人都寧為雞首不為牛尾。

　　c.她說她寧願和小江吃苦過日子也不願嫁給你天天吃燕窩。

　　d.他寧願待在家裡不願出去。

　　e.*小華寧願書而不願筆。

　　f.小華寧願買書而不願買筆。

(8e)並非常見到的語句，若修改為(8f)就好多了，主要原因就是(7f)的「買書」是「我要買書」的簡化句，但是(8e)的A和B都是單一語詞，不合「寧A（而）不願B」的要求。

　　以上三類對等連接詞只是在用法上的差異，但這種差異卻是語法的內在特質。約而言之，有些連接詞用法彈性大，後面可以接語詞、短語、語句，有些則僅可以接短語和語句，最後一種僅僅可以接語詞。

複習

1.請圈選出後列句中連接詞所連結的是語詞、短語、或句子。

　a. 小芳的穿著不但鮮豔而且合身。

　b. 阿明和阿芳都來自鄉下學區。

> c. 小明不但擅長打籃球，而且他的羽毛球也打得不錯。
>
> d. 不論要安慰他或者不管他，都要考慮他目前的經濟情況。
>
> 2. 請圈選出後列的單句。
>
> a. 不但小明要去而且小芳也要去。
>
> b. 小芳跟小華都會來唱歌。
>
> c. 無論妳要不要講真話，目前都不重要了。
>
> d. 你想去看阿文和阿林嗎？

附屬連接詞

　　從屬連接詞主要是引導或連結從屬或附屬子句和主要子句，通常可分為原由（原因）、遞進、條件、讓步、轉折、連貫、還有其他等六種類別。

1. 原由、原因

　　附屬連接詞中，使用頻率較多的應該就是表原因的連接詞，如：「因為、因而、因此、既然、所以」等都屬於這類型。其用法可以(9)的句子來了解。

(9)

　　a. 因為昨晚下了大雨，所以馬路都濕了。

　　b. 由於市場人很多，（所以）媽媽都牽緊我的手。

　　c. 既然雙方都不認輸，我們還是再比一局決定勝負吧。

　　d. 出事之後，他馬上先來道歉，因此家人最後還是原諒了他。

　　前面表原因、原由的連接詞，通常都會把「因為……所以」、「由於……因此」連用，尤其是早期的白話文更是如此。這也是小學作文課中，老師最常要求的造句句型，而且專名為「因果句」，主要是「因為」表原因，而「所以」表結果，如「因為他感冒了所以他今天沒來上課」，這裡的「因」就是「他感冒了」，「果」就是「他沒來上

課」。

　　但是白話文經過了數十年的發展與精簡之後，往往受到英語的影響而僅用其中一個，如把(9b)改寫成「市場人很多，因此（於是、所以）媽媽緊緊牽著我的手。」或者「由於市場人很多，媽媽緊緊牽著我的手。」語法學家通常根據英語的結構來分析，把有連接詞的當作附屬子句，另一子句作為主要子句。

　　表原因的連接詞，實質上也能表目的。同時受到英語的影響，目前還常用「為了……才」、「……以便……」表原因，如：

⑽

　　a.為了能讓工作進行順利，廠長多聘了十幾位工人。

　　b.他先去把表格填好以便辦理時能縮短時間。

　　c.門房先把校門打開以便來考試的家長能開車進來。

「為了……才」取自英語的for（the sake of）……，而「……以便……」取自so that，所以就形勢而言，漢語的連接詞還是很開放的詞類，能增加外來語的連接詞。這與第九章的介詞短語，「為了、基於、由於」所引導的目的或原因結構，語意相通。試比較：

⑾

　　a.為了工作進行順利，廠長多聘了十幾位工人。

　　b.為了家長的方便，門房先把校門打開來。

(11a)來自(10a)，而(11b)卻以(10c)為本，兩者的差別僅在於，⑾的句子為介詞所引導的短語，而⑽則為連接詞引導的附屬子句。

　　另外一種表因果的連接詞為「……以致於」，這其實是從「如此……以致於」演化而來的，如：

⑿

　　a.他教書如此用心以致於學生和家長都很喜歡他。

　　b.他做研究很投入以至於能得到大獎。

　　簡而言之，表原因或表因果的連接詞繁多，如「因為……所以」，「由於……」，「為了……」，「如此……以致於」，但由於受

到英語的影響，這種表因和表果的連接詞能簡化只有表因或只有表果。

2. 遞進連接詞

漢語句法的分析後來衍生了不同的歸類方式，而最常見到的是所謂的「遞進複句」，把複句中的兩個子句，前者的語意在第二個子句中得到程度上的增強、加深、加廣的語句，概稱為「遞進複句」，換言之，若第二個子句中含有「又、更、而且、況且、何況、甚至、尤其」者，或者是以「不但……而且、不僅……而且（還）、不但……更、尚且……何況、別說……連」等連接詞（關聯詞）連結的兩個子句，如：

(13)

a. 她吃飯不但要求味道要美好，更講究餐桌的布置。

b. 她找房子不但注意朝南朝北的方向，還要注重通風與陽光。

其實表遞進的連接詞，不限於附屬連接詞，前面講過的對等連接詞，如「何況、而況、況且、寧可……也不要（願）、與其……不如、以致（於）、於是、從而」也常能帶出遞盡複句如：

(14)

a. 極端氣候常帶來天災，而且還可能帶來嚴重的土石流。

b. 小劉長得很可愛，又對我百依百順，何況他還個富有的爸爸。

總之，遞進連接詞跨越對等和附屬的連接詞類別，但主要是用以表示在A和B的連結中，A的情況不錯，但是B更好；或者A的情況不好，B更糟糕，故在語意上帶有漸進或遞進的語意。

3. 假設

另一個常見的附屬連接詞用來表假設，如：「要是、如果、假如、假若、倘若、即使、除非」。相關用法見(15)的例句。

(15)

a. 如果當時你在現場（的話），肯定可以化解雙方的紛爭。

b. 假如你不要講這麼多廢話，一切都會沒事的。

c. 倘若他明天早上來訪，請告訴他下週四我才有空見他。

d.即使你這麼說，他也不一定能接受你提出來的條件。

e.縱使他這麼小心，還是差一點遭到詐騙。

f.除非他本人來道歉，（否則）我絕對要取消這門親事。

前面⒂的例句說明了幾件事。第一，「假使、倘若、假若、如果」等連接詞可用於肯定(15a)，也可用於否定(15b)。同時，「除非」也是一種否定的假設，也是表條件。後面的「否則」也可看成連接詞，但使用的情況相對受到限制，應該僅用於否定條件之下的轉折語氣。第二，(15d)與(15e)的用法與其他條件連接詞在用法上略為不同。「即使、縱使」帶有「無論怎樣……還是」的語意。因此，(15e)也可改成「無論他怎樣小心，他還是差一點遭到詐騙。」因此，在用法上「縱使、即使」與後面要討論的「無論怎樣……」在某些情況下可以互換。

現場教學的國小國中老師，常把條件句分為「假設句」與「條件句」，前者偏向肯定，後者偏向否定（除非、若非、若不是）。如⒃的句子通常被認為是假設句，或假設複句。而⒄的句子通稱為條件句，或條件複句。其實就語法而言，這兩者都是假設句。

⒃ 假設句

a.如果天氣不好，運動會可能會取消。

b.倘若市長沒辦法來，就請副市長來致詞。

⒄ 條件句

a.若非阿文反應這麼快，這次的火災災情會更嚴重。

b.萬一阿芳沒得獎，那全校可能就沒有人可以得獎了。

以宏觀的角度而言，假設複句和條件複句都同屬於相同類型的連接詞所引導而成的複句，本質上就是同一種類型，因此本書把這兩種歸在「假設複句」的範疇內。

4.讓步

讓步表示語氣上的某種堅持，常用的有「雖然……但是（可是、然而）、固然……但是（可是、然而）、儘管……但是（可是、然

而）」。這裡應該要說明的就是，這些連接詞由於白話語文的精練過程，常常只使用其中一個即可。且先看後面的例句：

⒅

　　a.雖然夫妻的爭吵已經達到某種妥協，但是（不過、然而）他們兩人還是在進行冷戰。

　　b.固然他有自己的立場，可是他向來心胸大，應該能爲大局著想。

　　c.想吃什麼東西儘管拿吧，可是拿的食物都要吃完，不能拋棄哦。

　　d.他儘管對小芳還是念念不忘，時間總會沖淡一切記憶的。

表讓步的連接詞之用法如「雖然……但是（可是、然而）」顯然表達的前後兩句中帶有對比或差異現象，如(18a)的前面的附屬子句（雖然夫妻的爭吵已經達到某種妥協）的焦點爲「妥協」，而後面的主要子句（但是他們兩人還是在進行冷戰。）主要的焦點在於「還在冷戰」，前後的語意大不相同。由於白話語文的進化，(18a)也可寫（講）成：

⒆

　　a.雖然夫妻的爭吵已經達到某種妥協，他們兩人（卻）還在進行冷戰。

　　b.夫妻的爭吵已經達到某種妥協，可是他們兩人（卻）還在進行冷戰。

　　c.夫妻的爭吵已經達到某種妥協，他們兩人卻還在進行冷戰。

(19a)和(19b)的「卻」是帶有轉折語氣的連接詞或副詞，可以刪省，也可以留用。如果「雖然……但是（可是、然而）」中的讓步連接詞都遭到省略，那「卻」就變成很重要的轉折連接詞了。這種情況下「卻」不能再省略，否則語句會怪怪的，少了轉折。

5.轉折連接詞

　　傳統表讓步的連接詞，後來在教學中更進一步劃分，多了一種轉折連接詞。如「儘管」還能在「儘管如此」的轉折詞中，特別是在篇章或較長的語句中，扮演轉折語，如：

⒇

a. 接到檢查結果他焦慮了好幾天，儘管如此，他還是決定再去複檢一次。

b. 目前爲止的民調對他都很不利，儘管如此，他還是天天安撫工作人員希望他們不要氣餒。

另一組常用於表轉折的連接詞爲「不論、只要、除非」，這些連接詞都可以連接兩個語詞㉑、短語㉒或是語句㉓，其中「不論」還能用相關的連接詞詞如「無論、不管」來取代，用法很相同。

㉑

a. 不論眞金白銀，我都用不著了。

b. 她現在什麼都不想要了，只要兒子。

c. 除非骨董，否則這個價錢太高了。

㉒

a. 不管叫什麼名稱，玫瑰仍然不改其芳香。

b. 只要能傳話過去，她願意重新考量當下的決定。

c. 除非手上沒現金，否則這價錢是千載難逢的好機會。

㉓

a. 無論妳怎麼說，我都不能再出面幫妳協調了。

b. 不管那是不是妳的書，我都要帶回去看。

c. 只要她肯參加，肯定會得獎的。

d. 除非以後妳都不再從政，否則這個難題必須要先解決。

「無論」的用法特別有彈性，能表示沒有「無指的全稱」(24a,b)，也可以表選擇性的功能(24c, d)，如：

㉔

a. 無論什麼人負責，都應該先道歉再賠償。

b. 無論出哪種任務，他都全力以赴，毫不保留。

c. 無論你愛她或不愛她，爺爺的意思都是要你跟她結婚。

d. 無論對或錯，我暫時都管不了了。

所謂的「無指的全稱」就是沒有特別指定的意思，包括任何人或事或物，如(24a)並沒有限定或指定什麼人負責，(24b)也沒有指定特別的任務範圍。至於選擇性則大都在A或B之間，如(24c)的「愛她或不愛她」、(24d)的「對或錯」。

　　以上就是常見的轉折複句的連接詞。

複習

1. 下列哪一個選項中的句子使用了表達讓步的連詞？(2023:23)
   (A)「除非」你先道歉，不然我要跟你絕交。
   (B)他不但聰明，「而且」個性溫和平易近人。
   (C)我「即使」一輩子窮困潦倒，也不向權力低頭。
   (D)「由於」山區連日降下大雨，造成大量土石滑落。

2. 下列四句中，何者屬於複句？(2022:27)
   (A)即使在雨中，也是享受。
   (B)他頭腦很好，身體也很強壯。
   (C)最傑出的詩人，也寫不出這麼美妙的詩句。
   (D)無論什麼情況，小明總能在大自然中找到平靜。

3. 下列哪一個選項不是遞進複句？(2016:22)
   (A)平時這家店尚且有這麼高的上座率，何況假日呢！
   (B)汽車鳴了兩聲喇叭，門就自動打開了。
   (C)這裡的東西五花八門，而且價錢便宜，還常常能找到精品。
   (D)這些抗議民眾不但不害怕，反倒希望被關注

4. 「他一接到通知就趕緊離開了。」是哪一類複句？(2023:26)
   (A)承接複句　　(B) 選擇複句
   (C)因果複句　　(D) 轉折複句

5. 因果類複句表示廣義的因果關係，分句之間存在或因果，或目的，或假設，或條件的差異。以下例句何者括弧裡的歸類不正確？(2017:27)
   (A)你既然來找我，就表示你相信我。（條件句）

(B)路不好走，今天可能趕不到目的地。（因果句）

(C)她點點頭轉身離去，以免眼淚奪眶而出。（目的句）

(D)一部小說不能給讀者一些啓示，就稱不上好作品。（假設句）

6.下列哪一句的關聯詞語使用正確無誤？(2017:15)

(A)無論誰有困難，他都熱情幫助

(B)既然有颱風，我們照常舉行

(C)不管天氣多麼冷，運動員們卻能堅持訓練

(D)即使有九分天才，須後天努力

6.表連貫的連結詞

　　「一貫」通常指時間，或者是空間、方法上的邏輯思考。以時間而言，連貫或一貫的是時間先後，如：

㉕

　　a.他先去看媽媽，再進入隔壁探望阿婆。

　　b.阿明本來想跟老師告狀，後來心裡平靜後他就不再計較了。

　　c.妳先這麼辦吧，接著我會去忙其他文件。

像「首先……然後，先……後來，起先……接著」這類連接詞所形成的習稱爲連貫複句。另一類帶來連貫複句的還有「一……就」如：

㉖

　　a.小芳一打開窗戶，涼風就直接吹入房來。

　　b.曉玫一走進來，大家就立刻停止了討論。

　　c.一進門，他就發現氣氛不對。

(26c)可以說是「他一進門，就發現氣氛不對。」的縮寫，基本上這種「一……就」的句型是連接兩個句子，藉以表達時間上的連貫。

7.其他連接詞

　　除了前述的幾種附屬連接詞之外，其實應該還有表時間的連接詞，不過這種連接詞在漢語比較沒有明顯而固定的用詞，通常是歐化影

響下的「當……的時候」或者是把「當」省去改用「……之時（時、的時候）表示時間附屬子句。無論是寫作或口語中，這種表達形式還是非常常見。後面先看幾個例句：

(27)

　　a. 當他醒來的時候，露絲已經做好早餐，正等著他來吃。

　　b. 他醒來之時，才知道發生了這麼多事。

　　c. 他轉過身時，偶然看見了遠方忽明忽滅的綠燈火。

(27a)是翻譯作品中最常看到的句子，直接來自英語When…的子句。至於(27b)與(27c)應該脫胎自(27a)，只是盡量避免使用「當……」的制式句型，極力本土化後的效應。同樣地，英語at (in) that moment之類的短語也同樣常被用來引導時間附屬子句，因此漢語的「在那時刻，正值……之時」也常用來表達時間子句，如：

(28)

　　a. 正值荳蔻年華之際，她腦海中泛起了無數多彩繽紛的憧憬與嚮往。

　　b. 就在打開窗戶那一刻，她恍惚見到了兒時常常教她種花的外婆身影。

　　多數語法相關書籍都缺了時間連接詞的討論，主要應該是沒有固定的語詞足以被認足以充當時間連接詞，不過，時間附屬子句的表達卻是口語或語文書寫中不能或缺的一環，因此這裡提供少數的語句，說明時間附屬子句的必要性。

　　時間附屬子句之外，還有像「那怕、敢情」之類的連接詞，由於在臺灣已經逐漸少人用，需要進一步說明。「那怕」並非傳統認可的連接詞，但在句子功能與應用上卻具有連接詞的角色，多半用於「那怕……也（還）」類似「即使」的用法，如：

(29)

　　a. 那怕她把事情搞得天下皆知，我也堅持不讓步。

　　b. 即使她把事情搞得天下皆知，我也堅持不讓步。

　　c.這是我們公司內部大家都已經知道的祕密，那怕妳去廣爲宣傳
　　　呢？

可見「那怕」能用於肯定句也能用於疑問句，大約都表示與「即使」同樣情境中，如(29a)和(29b)基本上並沒有語意上的區別。作爲連接詞，「那怕」與「即使」引導的都是附屬子句，主要句子爲另一句。同樣地，「敢情」用來表示「自然、當然」或「原來」的意思，如：

⑶

　　a.大家一早忙到現在，敢情是爲了老太爺的生日壽慶。

　　b.敢情是妳們私下串通買了這分禮物，才讓他感到非常意外。

「敢情」作爲副詞或連接詞，在古典文學如《紅樓夢》並非少見，不過在臺灣的日常生活中，「敢情」已經逐漸少用了。

複習

1.請指出後述句中的連接詞。

　a. 他什麼話都不講，敢情是發生什麼事？

　b. 那怕會得罪老闆，他還是實話實說了。

　c. 他一醒來就看到窗戶破掉了。

2.請把後列句中連貫複句圈選出來。

　a. 他先寫學校的作業再去拉小提琴。

　b. 他一見到小明就講話講個不停。

　c. 雖然他很忙碌，還是願意來幫大家做演講。

結語

　　連接詞是虛詞，本身並沒有特別的語義，不過在語法使用上，讓連接詞有了相對固定的語法表達方式。簡而言之，在語法應用上，連接詞可分爲三類。第一類只能連接語詞或短語，如「和、跟、及、以及、與」。第二類連接詞能連結語詞、短語、語句，如「並（且）、而

（且）、或（者）、不但……而且」。但是應用最廣的應該是第三類，稱爲附屬連接詞，能表原因、讓步、假設、還有時間。附屬連接詞連結主要子句與附屬子句而形成的句子，通稱爲複句。其中，由附屬連接詞引導的句子，稱爲附屬子句。另一個稱爲主要子句。

　　漢語的附屬連接詞通常有兩個，如表原因的「因爲……所以」、表讓步的「雖然……但是」、表祈使假設的「如果……則」，可是在現代白話文的精簡過程之中，受到英語句子的結構影響，逐漸改用單一個連接詞來取代，如表原因的連接詞，可以用「因爲」或「所以」，如「因爲出門時遇到塞車，慢了一點才到。」或「出門時遇到塞車，所以慢了一點才到。」其他附屬連接詞也同樣可以精簡成僅用其中的一個。

第十一章

語氣詞與感嘆詞

語氣詞與感嘆詞的界定

　　語氣詞用以表示講話者的語氣，大都以訝異、驚愕、恐懼、高興、雀躍、或失望、迷茫等等不同的語氣樣貌。語氣詞都是單純詞，且都是虛詞，沒有個別的語意，卻能表示講話者的語氣。主要出現的位置為句首與句尾。不過，任何一類語氣詞都能出現在句子中間。

　　出現在句首的語氣詞，以感嘆詞最為突出也最常見。過去的語法書都把感嘆詞獨立成一章，主要原因是傳統的語法文獻在八大詞類的影響下，跟著傳統把感嘆詞視為一個詞類。其實，感嘆詞不僅是個詞類，還是個獨立的句子獨立。換言之，感嘆詞自能成句，表示情緒，如：「啊！」或「哇！」都能單獨成句。其次，感嘆詞在句中也是獨立的，並不影響其語意，例如同一個「哇！」，可用以表示懊惱，如「哇！我的帽子丟在車上啦。」也可能用以表示訝異，「哇！怎麼會在這兒遇見你。」最後，感嘆詞大都出現在句首，偶而也出現在中間，如：「我想這樣決定，啊！可是我又不能違背老爸的想法。」

句首語氣詞──感嘆詞

　　常出現在句首的語氣詞，通稱為感嘆詞或感嘆句，如：

(1)

　　a.天啊！怎會有這樣麻煩的事！

　　b.天啊！你真幸運。

　　c.哎呀！我竟然忘了這件事。

　　d.哎呀！你怎麼會這裡？

　　e.唉！又是他。

　　前面的語氣，有訝異(1a)、表幸運(1a)，也能表示懷疑(1c)和(1d)，而「唉」有不得以的哀怨。又如：

(2)

　　a.哼！眞的嗎？

　　b.哼！我才不相信。

　　c.嗯，嗯。

　　d.嗯，是這樣啊？

　　e.嗯，好吧，走。

「嗯」則多用於敷衍(2a)和(2b)，也能表示同意或表示有在聽對方講話之意(2c)。用「哼！」則帶有不滿或不耐煩之情緒大於「嗯」。

　　以實例而言，感嘆詞能表多種不同的語氣，且使用的感嘆詞也往往因個人的經歷、個性、成長環境而有或多或少語詞差別，不過大體而言，感嘆詞的表達以後列幾種最爲常見。

(3)表得意：

　　a.哈哈哈！我早就知道你這樣做不行吧。

　　b.哇塞！竟然會在這個地方遇見你。

　　c.啊！我竟然中獎了。

(4)表懊惱

　　a.唉呀！去年沒買那棟房子實在可惜。

　　b.唉！又沒有中獎，眞是有夠衰。

　　c.哼！眞倒楣。

(5)表訝異

　　a.哇！你怎麼啦？怎麼無精打采的？

　　b.啊？你怎麼會在這裡？

　　c.唔？妳不是剛剛來過了嗎？

(6)表不滿

　　a.嗯！你還要我說什麼？

　　b.哼！我早就知道你就不想戒酒。

　　c.呵！那我還有什麼辦法呢？！

(7)表驚愕

　　a.啊！你以為我還會去幫你籌錢啊？

　　b.哦？原來你是這樣想的呀！

　　c.嗯？怎麼會搞到這地步？

(8)表輕蔑

　　a.哼！你就是只有這本事？

　　b.噢！我看你還能變什麼把戲？

　　c.嘿嘿！我就知道你沒別的辦法了。

(9)表心不在焉

　　a.唔？你剛剛講什麼？

　　b.嗯？我想就這麼辦。

　　c.唔，好吧。

(10)表同意

　　a.啊！就依你的意思去辦吧！

　　b.諾！我想這是最好的解決方式囉。

　　c.唉呀！還是你有辦法，就聽妳的吧。

　　從前面幾個句子或感嘆詞的使用、應用，大約可以了解並非某個特定的感嘆詞固定能表是哪種語氣，也不是說某個固定的語氣，總會用相同的感嘆詞。感嘆詞的繁多與多變，恰如人的臉，容顏不同，表情有別。

　　後來受到英語的影響，或者是逐漸年輕化的現象，越來越多人用「唄」，或用[m]（鼻母音，類似閩南語和客語的否定詞「毋」，或者會用[阿m]表遲疑、猶豫、或慢一點的語氣。如「m m，再說吧。」

句末的語氣詞

常出現於句尾的語氣詞也不少，但以「啊、吧、呢、囉、唄」較為常見。先看「啊」：

(11)

　　a.就去做啊，怕什麼？

　　b.看，臺北的夜色多麼美呀。

　　c.如果你能邀她來，那真好哇。

　　d.好難哪，我不想做了。

　　e.即使你想先去，也應該說一聲啊。

「啊」是漢語最為常用的語氣詞，能婉轉埋怨(11e)、表感嘆(3c)，表鼓勵(11c)，也能表讚許(11a)，功能特別多種。同時，「啊」也是漢語少數會引起韻尾展延的語詞，所謂「韻尾展延」指前一音節的韻尾，會展延到「啊」音節當聲母，以(11b)的「呀」為例，由於韻尾是[i]，展延到[a]的前面，變成了聲母，所以原來的[a]讀成[ia]，寫成「呀」。同樣的道理，(11c)的「哇」（前音節的韻尾[u]）、(11d)的「哪」（前音節的韻尾[n]）讀音也是這樣來的。根據這個韻尾展延，(11e)的「聲」[seng]，韻尾應該是[ng]，所以「啊」讀成[nga]，可是漢語沒有[ng]當聲母的字，所以缺了這個漢字，不過讀音還是[nga]。唯一沒有改變的是(11a)，因為「做」[zuo]沒有韻尾，所以沒有展延的音變。

(12) 韻尾展延

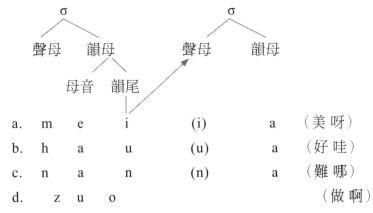

	聲母	韻母		聲母	韻母
		母音	韻尾		
a.	m	e	i	(i)	a　（美呀）
b.	h	a	u	(u)	a　（好哇）
c.	n	a	n	(n)	a　（難哪）
d.	z	u	o		（做啊）

至於「吧」多用於表勉強性的無奈(13a,b)，而「吧」也是帶有懷疑或存疑的疑問語尾詞(13c, d)，如：

⒀
　　a.既然沒有其他選擇，那就同意吧。
　　b.他要玩，就讓他玩去吧！
　　c.我這樣回答，可以吧？
　　d.父親沒出去吧？
　　e.距離那裡，應該還有三公里吧？

「呢」的用法與「吧」接近，都與疑問有關。「呢」本來是什麼問句的疑問詞，在當句尾語氣詞時，也表與什麼有關的無奈、存疑、或揣度，如：

⒁
　　a.為什麼要這樣做呢？
　　b.故事這樣說，後來呢？

「囉」用來表當然的肯定(15a, b)，而「唄」則是很現代的語氣詞，表懷疑或揣度(16c)、表肯定、表信任都可以。如：

⒂
　　a.那當然囉，他肯定會來。
　　b.肯定沒錯囉。
　　c.我可以這樣做唄？
　　d.那就買這個唄。
　　e.你就載我去唄。

其他語氣詞還有「嘛、罷了、而已」。「嘛」指帶有撒嬌或裝嫩的語氣，如：

⒃
　　a.不要這樣嘛！人家不想吃臭豆腐嘛！
　　b.要嘛你就開口跟她求婚，不要嘛就好好收心念書去。
　　c.可以讓我幾次嘛！你比較厲害呀。

至於「罷了、而已」則用來表示「少、不足」之意，具有蔑視或嫌棄的
語氣。如：

⒄

　　a. 我只想再加一點點鹽巴而已。

　　b. 小華要的就只有那麼一丁點土地而已。

　　c. 他只不過想再多算一次罷了。

　　d. 小明只是不想再與兄弟爭房產罷了。

　　以上就是有關感嘆語氣和其他相關語氣詞的簡約介紹，當然這是不
夠完整的，因為每個人的口氣和語氣不會相同，即是同樣說漢語，在感
嘆漢語氣詞方面還是各有所區別。

第十二章

語助詞

語助詞的界定

　　語助詞指形容詞標記的「的」，如「大方的、好看的、遠遠的」，或副詞標記的「地」如「緩緩地、慢慢地」，還有表程度的副詞「得」如「看得很久，等得很不耐煩」或如「他讀書讀得很累。」。當然，語助詞還具有標記句子形式的功能，如疑問句句尾的「嗎、呢、吧」，如「他會來嗎？」、「他要買什麼呢？」、「他應該會來吧！」（但疑問句將於第十三章討論）。此外，語助詞還具有時貌的標記功能，如「他去過東京了。」中的「過」表經驗，而「了」表完成。

　　實質上，語助詞與介詞同為虛詞，沒有特定的語義，但語助詞在語詞結構中或語句表達方面，頗見其語法功能，特別是語氣助詞在語用（pragmatics）上扮演口語溝通的重要指標。

語助詞的類別

　　語助詞屬於虛詞，沒有特殊的單一語義，也不能單獨成詞，因此在語法上形同西方語言學內的「詞綴」，用以形成語詞類別的標記。由於漢語的「的」、「地」等都出現在語詞的後面，故形式上頗類似英語的後綴（suffix）。從語法上的功能而言，語助詞可以分為兩類：詞類結構標記、時貌標記。

詞類結構標記

　　第一種語助詞在語法上作為標記詞類特性。所謂「標記」，就是有

指示或標示的功能，例如「的」是形容詞標記，我們一看到有「的」的語詞，就知道那是形容詞，不論是語詞、短語、或子句（語句）就知道那是形容詞，若出現在名詞之前，該形容詞即作爲「定語」，若出現在句尾則爲補語。

A：形容詞標記：「的」

　　大多數的形容詞在句子中，都會有「的」作爲標記(1a)。但單獨而言，有些形容詞並不一定要加「的」，尤其是不當定語之時(1d)，如：

　　⑴

　　　a.小芳是個漂亮的小女孩。

　　　b.小芳是個大方、漂亮、端莊的小家碧玉。

　　　c.小芳是很漂亮的。

　　　d.小芳很漂亮。

　　前面大約可以看出各種形容詞的用法和形式。⑴的「漂亮的」是很典型的形容詞當定語用，這種情況之下，最可以顯出「的」的語法功能---大多數句中的形容詞都是這種用法，含有「的」綴詞或標記。(1b)有三個形容詞並用來修飾小芳，但只有最後一個加「的」，這是白話文精簡過後的用法，不需要每個形容詞都加「的」。

　　(1c)和(1d)的形容詞不出現在名詞之前，也就是(1c)的「漂亮的」並非定語，但在「是字句」中，通常還是要保留「的」。所謂「是字句」指的是像「……是……的」（如「這是我的。那雙鞋是白色的。山下的河水總是清澈乾淨的。」），但(1d)並非是字句，可以不用「的」結尾的形容詞。

　　形容詞的詞尾標記不僅用於像⑴的單詞，還能出現在短語之中，如：

　　⑵

　　　a.他隨身帶著一根又方又長的竹棒。

　　　b.從臥室看出去，能見到那盞忽明忽滅的綠光。

c.仰望天上的繁星，我們能領悟<u>浩瀚無邊的</u>宇宙之廣袤。

d.丐幫幫主隨身帶的竹棒的確是<u>又方又長的</u>。

e.蓋次比在西卵遙望的綠燈火是<u>忽明忽滅的</u>。

f.他讀了書之後才領悟宇宙眞是<u>浩瀚無邊的</u>。

前面(2)中的短語，都屬於形容詞，最明顯的就是後面綴加的「的」。其中，(2a-2c)都屬於形容詞短語當定語用。而(2d-f)則是相對應的形容詞短語當補語。至於形容詞子句，則源自於關係子句的結構與應用，如：

⑶

a.<u>那位身穿白衣服的</u>女士是要來與校長談捐錢的事。

b.那位女士要來和校長談捐錢的事。那位女士身穿白衣。

c.我剛剛在路上見到<u>妳前幾天講到的</u>那位先生。

d.跟我約會見面的先生是<u>那位身穿黑衣的</u>。

e.我剛在路上遇見的男士先生就是<u>你從前跟我提到的</u>。

前面(3a)中劃線的子句就是關係子句，源自於(3b)的兩個句子的合併，這裡的「的」也被語法學家認為是關係代名詞，這也是白化語文歐化之後的結果，不過現在這種句子已經成為漢語很重要的表達形式。(3a)劃線的句子又稱為包蘊句，因為其整個句子是包含在主要子句中，尤以(3c)的劃線部分最為明顯。(3a)和(3c)中包蘊句的主要的功能是用來當作定語，限定了後面修飾的名詞。與此相同的是(3c)中劃線的部分，這也是關係子句當定語用，主要就是限定和修飾了後面的名詞（那位先生）。語形容詞相同，並非所有的包蘊句或關係子句都當定語，有些包蘊句也當補語，如(3d)與(3e)，這兩句劃線部分的關係子句當補語，所以最後還是有「的」，表示其形容詞的形式與功能。

單就「的」這個字的用法，就有人寫過一本博士論文，可見「的」的用法還有很多種，但以上的說明應該足以讓初學者理解形容詞標記的「的」。

B：副詞標記：「地」

在第八章講副詞結構時，曾說副詞主要是用以修飾形容詞或副詞。副詞與形容詞的差別在於修飾的對象不同。形容詞多用來修飾名詞，故多置放在名詞之前，稱為「定語」，主要是限制或指出名詞的型態、特性或特質。副詞則專職修飾形容詞與動詞，除了固定的副詞詞語之外，副詞與形容詞的差別基本上在於結構，形容詞多由「的」詞綴表示，而副詞則由「地」來標記，如：

(4)

　　a.他向來喜歡用<u>直接的</u>表達方式講出心中的感受。

　　b.他很能把心中的感受<u>直接地</u>表達出來。

前面(4a)的「直接的」是形容詞，故含有「的」詞綴，在句中當定語，修飾後面的名詞「表達方式」，而(4b)的「直接地」為副詞，故具有「地」詞綴標記，在句中當狀語，修飾面的動詞「表達」。

句子中狀語，可以出現在各種可能的地方，但主要還是用來修飾動詞(5)。

(5)

　　a.她<u>輕輕地</u>點一下頭，表示同意。

　　b.她<u>緩緩地</u>走路，幾乎無聲無息。

　　c.<u>悄悄地</u>我走了，正如我<u>悄悄地</u>來。

C：名詞標記：「子」

現代漢語的名詞標記為「子」，如「兒子、桌子、椅子、窗子、橘子、李子、杏子、刀子、簾子、扇子、杯子、盆子」。名詞的語法功能是當主語、賓語、補語。

有些「子」具有雙重身分，如(6a)既能表示能發芽的子，(6b)指已經被認定能晉級的球員，兩者的讀音不同。(6a)的「種」保持原來的三聲，而(6b)的「種」要變調，念成陽平，不過(6a)和(6b)的「子」都讀輕聲。

(6)

　　a.那是很珍貴的桂花種子。[zǔng zǐ]

　　b.他是種子球員。[zúng zǐ]

迄今為止，我們介紹了三種詞類標記，分別為形容詞標記「的」、副詞標記「地」，和名詞標記「子」。

複習

1. 請圈選出形容詞、副詞、名詞的標記。

　　a. 那位高高瘦瘦的先生很小心地看管園子裡的花花草草。

　　b. 我沒見到你講的那位小姐，不過我知道她作業改得很細心。

　　c. 房子內的鏟子、刀子都拿出來，幫我除掉那些亂亂的雜草。

2. 請圈出當定語用的形容詞。

　　a. 她寫完了指定的作業。

　　b. 那些難搞的工作都是老闆指定的。

　　c. 我先喝完杯子內的茶，再喝點剛煮的咖啡。

3. 請圈出後列句子中的狀語。

　　a. 小明很小心地騎著車子。

　　b. 濛濛地下起雨來了。

　　c. 她瀟灑地揮揮手，跟大家誠心誠意地說再見。

程度副詞：「得」

　　語助詞「得」主要屬於副詞成分，而以表達狀態或樣貌的抽象程度，像這種帶有「得」字的副詞，通常出現在動詞之後，當補語用，如：

(7)

　　a.她唱得這麼好，以至於全場觀眾都站起來為她鼓掌。

　　b.她講得太好了。

c. 她讀書讀得很累了。

d. 書她讀得很累。

e. 她騎馬騎得讓大家嘆爲觀止。

前面(7a)類似英語so (such)…that「如此……以至於」的句型，但用「得」字，更帶有漢語的成分。因此，(7a)也可改寫成「她唱得如此美好，以至於全場觀眾都站起來爲她鼓掌。」

比較(7a)與(7b)，我們會發現漢語的動詞重複結構與音節數目很有關係，如果動詞爲單音節，如(7a)的「唱」、(7b)的「講」，後面可以直接用「得……」表示其程度。但倘若動詞爲雙音節的動賓結構，則必須要重複動詞(7c)，變成 (8a)的結構形式。這是很重要，也很有趣的表示狀態副詞的句子結構。即使是單音節動詞加雙音節賓語，動詞也要重複(8b)，除非把賓語移到句首(8d)或移到主語之後。如果雙音節動詞接單音節賓語，也要重複(8e)。

⑻

a. V + O +V得……」（V=動詞，O=賓語）

b. 他打桌球打得很興奮。

c. 她桌球打得很興奮。

d. 桌球她打得很好。

e. 她研究天文研究得非常突出。

f. 天文她研究得很透徹。

動賓結構（VO）的重複，與疑問句中的是非問句的重複不盡相同，後者只要是動詞都可以重複最前面的音節。試比較

⑼

a. 她最近研不研究天文啊？

b. 她研究天文研究得相當深入。

c. 她最近打不打桌球啊？

d. 她打桌球打得出神入化。

比較之下，是非問句的重複著重在第一個音節，而動賓結構的重

複，卻強調「得……」後面的程度。

　　然而並非所有的動賓結構都能重複的，例如最近才衍生的詞彙，如「打臉、抓狂」與「經手」似乎並不能重複，至少，很少見到「打臉打得好，抓狂抓得很緊」之類的講法，可能未來會逐漸同化。最近報紙上已有「那件事把他打臉打得很腫。」的句子。

　　「得」帶領的程度副詞也常見於「把字句」，如：

⑽
　a.他把桌球打<u>得出神入化</u>。
　b.他把裁縫製作做<u>得像藝術品</u>。
　c.他把水資源研究<u>得非常透徹深入</u>。

　　此外，「得」還有幾個慣用語，頗值得注意，如「得」常與「不」對應，形成肯定與否定的語意對照，如：

⑾
　a.看得起：承你看（瞧）得起我，我肯定會盡力表現的。
　b.看不起：她似乎看不起我，我才不理她呢。
能用在⑾的動詞，有：對得起、吃（坐）得起、租（買、付、借）得起。

　　另外，五官動詞（看、聽、摸、聞、吃）可以接「得到、得著」，如⑿。有些東西，「買得（不）到、借得（不）到、租得（不）到」，如⒀：

⑿
　a.年紀大了，大伯已經聽不見你講什麼話了。
　b.大伯年紀雖大，仍然聽得見大家講的話。

⒀
　a.那種老骨董還買得到啦。
　b.這個季節，結婚禮服還租得到，不一定要買。

　　至於像「想、設想、計畫、規劃」表智能性的動詞，也常與「得到」連結，如：

⒁

　　a. 他可真想得到你。

　　b. 小華對於弟弟的婚事設想得頗為周全。

　　c. 他把旅程設計得非常完美。

　　d. 他很捨得。

(14d)示另外一種與「得」常搭配使用的語詞，如「懂得、值得」。最後，有幾個固定的用詞，如「了得」、「了不得」中的「得」，完全是語助詞的性質，與「得過且過」中的「得」相同，並沒有特別的語意。至於「她終於得到獎品」中的「得」是動詞，有別於這裡所講的「得」。

複習

1. 請比較後面幾個「得」的用法，並就語詞與語法給予說明。

　　a. 張媽媽見不得人好。

　　b. 張媽媽出落得大大方方。

　　c. 何以見得張媽媽是這樣的勢利眼呢？

　　d. 她得到上司的賞識。

2. 請選出後面選項中不同用法的「得」。

　　a. 排球他打得出神入化。

　　b. 他唱歌唱得真好。

　　c. 那是見得到拿不到的東西。

　　d. 他高興得竟然忘了作業。

3. 後面哪個句子中的「得」與「那種骨董還買得到。」的「得」用法相同？

　　a. 承你瞧得起我這分工作。

　　b. 他還是看得著周圍的東西。

　　c. 他話講得太好了。

　　d. 那個東西碰不得。

動貌標記：「所」

　　語助詞「所」的用法，有部分與「得」很相似，都以常用語結構形式出現，並無法有效地歸類或整理。常用的如「所謂、無所謂、無所不在、無所遁形、前所未有、有所依靠」⒂。

⒂

　　a.對那種流言，我無所謂啦。

　　b.那種車禍實在是前所未有的悲劇。

　　c.你講那種話，有所根據嗎？

　　d.所謂氣勢要壯，主要就是說講話要大聲，不要懦怯。

　　前面幾個「所」的用法，多無法講出道理，不過文獻、經典書籍上都如此用，於是世代相傳之下，這些慣用語逐漸成為日常用語的一部分，因此這裡把這些「所」全稱為語助詞。至於⒃的句型「為（被）……所……」中的「所」也一樣，純粹是語助詞，並沒有特殊的語意。

⒃

　　a.她一時被長官的氣勢所震驚了。

　　b.她唱的歌很為年輕人所愛。

　　「所」也常用在「所以然」的句子結構中，這實在是文言文的餘緒，不過在日常生活對話中，已經生活化了，如：

⒄

　　a.很多事，我們僅知其然，而不知其所以然。

　　b.他會在會議中突然發飆，大家都不明白其所以然。

　　「所以然」的「所以」後來逐漸詞彙化（把原本不是詞彙的語詞，後來經由大家的使用，而逐漸被大家接受，這過程稱為「詞彙化」，如「打臉」、「寫真」都是屬於詞彙化後的結果。）而變成了日常的白話詞彙。「所以」變成表結果的轉折連接詞。

複習

1. 請比較後面幾個「所」，並指出其差異。

　　a. 他所具有的天分讓人驚豔。

　　b. 這些事我也僅知其然而不知其所以然。

2. 後面哪個「所」與其他三句的「所」用法不相同。

　　a. 他所寫的那分文件丟了。

　　b. 他一入門就被他所聽到的消息嚇到。

　　c. 大家都不知其所以然。

　　d. 那不是我所接觸到的範圍。

時貌標記

A：表完成：「了」

　　漢語的語助詞「了」，通常被語法學家劃分為「了₁」與「了₂」，完全是根據其句法功能為基準。「了₁」通常表動作的完成，也可表示過去的動作，其結構為「動詞+了」，故又稱為「動後的了」如：

⒅

　　a. 他做完了功課。

　　b. 他吃完了飯，立即過去找小張談論那件事。

　　c. 小華已經去了臺北。

　　d. 那本書我才看了一半，就被老王拿走了。

　　e. 我今早已經寫了五六張字帖

　　f. 他在哪兒喝了兩小時的茶。

以⒅的例句而言，每個句子都表示某個動作的完成。(18a)最為清楚，他已經做完了功課，也就是他所有的功課都已經做完了。(18b)表「吃飯」的動作已經結束。(18c)表「小華不在家。」，他「去」的動作已經做完。(18d)表「他看那（半）本書」的動作已經完成，雖然沒看完

全書，卻看完了半本。(18e)指「寫完了」五六張字帖。(18f)表他喝茶喝了兩個小時，這時應該離開了，因為喝兩個小時茶的動作已經完成。

　　當然，所謂「完成」也不一定是實際上已經發生的，也可能是假設性的，因此「了₁」或「動後的了」也可能出現在未來式的句子中，如：

⒆

　　a.明天我收了錢，就會立刻匯過去給你。

　　b.下週三我借了書，馬上會過去找你談論。

　　c.要是明年我取得了學位，那我就會馬上回國。

前面⒆中的「收了錢」、「借了書」、「取得了學位」等都還沒發生的動作，因為表時間的副詞如「明天」、「下週三」、「明年」等都表示時間還沒有到，這裡的動作基本上就是一種假設的狀態，但這些例句中的「了」卻又有了「完成」的意味，可見「了」也可用於表示假想性的、尚未發生過的完成動作。

　　比較之下，同為語助詞的「了₂」，通常表示某種狀態的改變或易動，結構上「句子結尾+了。」，故又稱為「句尾的了」，如：

⒇

　　a.小華變高了。

　　b.夜這麼黑了，你還是快點走吧。

　　c.那高亢的聲音終於消失了。

　　d.爸爸生氣了。

　　(20a)的小華前後的改變就是他現在「變高」了，這是一種狀態的改變，其他如「黑了」其實就是變黑了，「消失了」表有沒有聲音的改變，(20d)的「生氣了」也表示爸爸情緒上的改變。

　　「了₁」與「了₂」也可同時出現在同一個句子中，比如說前面(20a)能在句尾加個「了」而使句子更有情境想像的空間，如：

⑵

　　a.他做完了功課了。

　　b.他做完了你規定的功課了，接著他想再做點數學功課。

　　c.他做完了你規定的功課了，他想休息一會，再做其他功課。

　　語意上，(21a)比(20a)更有語意未完的況味，因為(21a)可能帶有
(21b)或(21c)的隱涵義思。換句話說，(20a)純粹是個說明句，說明「做
功課」這件事已經結束了。但(21a)由於有了「了₂」而讓人帶有情境改
變的期望或假想，因此就語意而言，(21a)遠比(20a)還要具有文學或詩
的想像空間。

　　「了₂」由於帶有狀態變化的意涵，所以更常用於表結果的動補結
構中，也常與把字句連用如：

⑵

　　a.他賣完香蕉了。

　　b.他賣完了香蕉。

　　c.他把香蕉賣完了。

　　d.他把小芳氣哭了。

前面(22a)的「賣完」本就含有「結束」的動補結構，因此，(22a)和
(22b)並沒有很大的語意差別。(22c)是把字句，同樣與(22a)、(b)同意。
但並非所有的動補結構都帶有「結束」之意，如(22d)只表狀態的改
變，從不哭變成哭。

　　句尾的「了」另有兩種常用的固定句式，一種是「太……了」表感
嘆或訝異 (23a)，另一種是「要……了」⑵，兩種句子都表心理認知中
的無形改變，可說合乎「了₂」的用法。

⑵

　　a.小華的表演太好了。

　　b.他的動作太妙了。

　　c.你剛講的話太誇張了。

㉔

    a.*要下雨了*，快把被子收起來吧。

    b.丞相，<u>要起風了</u>。

    c.你們以後<u>要給我小心了</u>。

　　出現在句尾的「了」並非全是「了₂」或「句尾了」，有些「了₁」在省略對話或口語中，常出現在句尾：

㉕

    張三：你買了那本書嗎？

    李四：我買了（那本書）。

　　㉕李四的「我買了」的「了」表面上是「句尾了」，而實際上卻是「了₁」，是「動後了」。

　　從前面的比較與討論，大抵可以很清晰地看出「了₁」與「了₂」的用法差異。簡單地說，結構形式上，「了₂」加在句尾；而「了₁」接在動詞之後。「了₁」通常表動作的完成或結束，而「了₂」表一種狀態的改變。兩者若出現在同一句子中，則「了₂」標記著可能還有另一動作的可能性。

複習

1. 「橘子紅了」句中的「了」表示的語法意義是什麼？(2023:20)

  (A)語氣助詞，表示事態已經變化

  (B)語氣助詞，表示事態將要變化

  (C)結構助詞，表示動作行為的完成

  (D)結構助詞，表示事情發生在過

2. 請指出後列「了」句子錯誤的緣由。

  a. 他當時每天都去打籃球了。

  b. 剛來美國的時候，他都一直想畢業了。

  c. 他吃飯了後，就去上學。

表經驗：「過」

「過」主要表示經驗，這與表過去或表完成的「了」相互對照，即可以看清楚。先看後面的比較：

⑵⑹

    a.他去了臺北了。

    b.他去過臺北了。

    c.他吃了飯就會過去找你。

    d.他吃過飯就會過去找你。

    e.他吃完飯就會過去找你。

透過(26a)和(26b)的比較，我們大約會了解「過」的用法。(26a)表示他去了臺北，可見他不會在家。但是(26b)表他去過臺北了，他有了去臺北的經驗，但人不一定就在臺北，可能他就在家裡。以英語來比較，(26a)是 He went to Taipei.而(26b)是He has been to Taipei.前者是動作，後者是經驗。但是(26c)與(26d)基本上卻沒有太大的區別，兩者都表示(26e)的語意。在臺灣，(26d)反而比(26c)常用，主要是受到閩南語的影響。

另外，就否定結構而言，「了」和「過」的語法最大的差異在於「了」不見於否定句(27c)，而「過」卻仍然存在(27d)。

⑵⑺

    a.我看了那本書，所以大概記得某些內容。

    b.我看過那書，但大部分內容都忘記了。

    c.*我沒看了那本書，所以完全不知道它在講什麼。

    d. 我沒看過那本書，所以完全不知道它在講什麼。

「了」和「過」的疑問句則沒有差別，如：

⑵⑻

    a.你看了那本書嗎？

    b.你看過那本書嗎？

c.你看了那本書沒有？

d.你看過那本書沒有？

此外，「過」與感官動詞連用，特表經驗之意，如「聽過、講過、摸過、聞過」等等，而與形容詞式的謂語則表示「超越」或「勝過」之意，如「過紅、過長、過大」等等。

複習

1.以下哪一句裡的「過」為表示經驗的時貌標記（aspect marker）？

(A)我不想錯過晚上的那場音樂會。

(B)十年前他去過美國。

(C)中午吃過飯，記得到辦公室找我。

(D)這沒什麼，你不要這麼難過。

2.試比較後面幾個「過」，並從語詞和句法的角度分析其差異。

a.他過了橋就往前走。

b.他讀過書就上床睡覺。

c.那時他早就超過年齡了。

表進行：「著」

「著」是表進行貌的標記。除了不能延續的動作，像「死」不能接「著」之外，其他動詞都能接「著」表進行（動作動詞）或現狀（靜態動詞），如：

(29)

a.他在那兒忙著做便當。

b.他整個早上就在書房畫著畫。

c.他靜靜地坐著欣賞眼前的荷花盛開。

d.他就站在那兒等著你的回信。

「著」也可以用在未來式，表示假想的事實(29a, b)。也能出現在過去

式(29b, c)如：

⑶

    a. 下週二晚上他就會在門口等著你去。

    b. 想想我們成家之後，生一打小孩，每天看著他們嬉戲玩鬧，才有
       趣呢。

    c. 那時夜黑風大我就在窗口盼望著你來。

    d. 過去幾年，年年除夕夜，我都在那棵樹下想著你，等著你。

可見「著」並不一定表示進行，如⑶的句子，都僅是一種心理期望或想像中的進行式，其用意主要在強調某個動作會一直持續，隨時都帶有「進行」的意涵。例如(29d)的「想著你，等著你」表示過去幾年的除夕，「我」隨時都在進行「想著你，等著你」的動作，屬於文學上的一種誇張修辭方式。

複習

1. 請圈選出後列表進行的「著」。

   a. 接著小芳被請上臺，她在哪兒唱著唱著，突然就倒下來了。

   b. 她在公園邊等著你來呢。

   c. 他穿著西裝，看著遠方，站在樹下，焦急地盼望著你來。

2. 請比較後面幾個「著」的讀音、用法、和語意。

   a. 小華進來的時候，他吃著飯。

   b. 他的一幅色彩鮮豔，特別顯著。

   c. 他向來注重穿著，很講究質感。

   d. 幫我看著這些行李。

結語

漢語的「語助詞」有很多種類型，能表示語氣的差異，表示時貌（aspects）的徵性，更是扮演了疑問句類型差別的重要指標，因此語

助詞是語法認識或學習中無可忽視的標的。不過，所有的語助詞，最明顯的特性就是每個語助詞本身並沒有太單一或特指的語義成分，大多數的語助詞都擔任語法功能上的語義角色，使句子有不同的語義、用法，因此語助詞很難掌握，卻又同時最無法忽視。

　　簡而言之，語助詞可粗分爲二種，詞類結構標記與時貌標記。詞類結構標記以形容詞標記「的」、副詞標記「地」、動貌標記「所」、副詞標記「得」最爲重要。尤其是副詞「得」表程度之外，還會影響動詞的重複結構，如「雨下得太多了。」、「他講話講得太多了」，前者不用重複，因爲「下」是單音節動詞，而「講話」是雙音節，因此在使用「得」程度副詞之下，迫使動詞必須要重複。

　　時貌標記中，表經驗的「過」和表動作的「了」向來是漢語語法中最引人重視的語法要點，而「了」又由於在語法功能上，由於出現的位置不同，而帶來語意、語法的差別，使語法學家要把「了」分爲「了$_1$」（動後了）和「了$_2$」（句尾了），藉以更明確地掌握「了」的用法。

第十三章
疑問句和否定句

引言

　　疑問句之所以要以專章介紹，主要是因爲疑問句有很明確的語尾標記，或者說有語尾助詞，非常的特殊。另外，否定句雖然主要是由「不」和「沒」兩個否定詞來標記，但是這兩個否定詞的用法也需要稍加說明。

疑問句標記

　　疑問句是語句中很常見，也很重要的句式。漢語的疑問句大約與英語的疑問類型很相似。簡而言之，疑問不外乎四種結構，第一種爲是非問句（yes/no問句），其特點是回答時可以簡單地用「是／不是，對／不對」等回應，漢語這種問句通常用「嗎？」結尾。第二種相當於Wh-問句，問什麼就回答什麼。這種問句標記爲「呢？」第三種屬於懷疑的問句，通常用「吧？」第四種問句爲正反問句（A-not-A）之類的問句。

是非問句：「嗎？」

　　是非問句的問句，主要有兩個要件。第一，以「嗎？」結尾。第二，句中多含有情態助動詞，如「是、能、會、應、要、想……」，如：

(1)

　　a.你下週二會來參加舞會嗎？

b.張三不是說要來這裡嗎？

c.張瑪莉也想去報名比賽嗎？

　　這種問句稱爲純粹問句，用這種問句者，都沒有預設立場，只是對於問題不了解、不懂、不知道，所以才提出問句。例如提出(1a)者，只是想知道「你下週二會不會來」，所以說是個很純粹的問句。(11b)即使是用了否定詞，但是本質上還是個純粹問句。

　　是非問句的回答通常就用情態助動詞來回應即可，如(1a)可回「會」或「不會」，也能在簡答之後加上其他的陳述。但像(1b)這種否定疑問，最常見的回答還是「是啊，他說要來啊。」可見回答方式不會因爲問句是肯定還是否定而有差別。現代人的疑問句，大多省略了疑問詞「嗎？」，所以也常見到後述的疑問句型：

(2)

a.他回來？

b.他也想參加？

c.你還有其他問題？

省略疑問詞的問句，在語調上會稍微上升，與英語的yes/no問句相同，有些書籍用↗來表示。

什麼問句：「呢？」

　　什麼問句（也稱爲Wh-問句）屬於六何問句（六種「爲何」的問句），可以問「什麼（何事）、什麼時間（何時）、什麼人（何人、誰）、什麼地點（何處）、什麼事務（哪件事）、什麼方法（如何）」，其疑問標記爲「呢？」，如：

(3)

a.那位是什麼人（誰）呢？（人）

b.將軍要我去做什麼事呢？（事）

c.什麼時候才要開始討論那件事呢？（時）

d.請問我該去什麼地方拜見老伯呢？（地）

　　e. 我們該先解決那個困難呢？（物）

　　f. 要如何（用什麼方法）才能解決他們三人的感情問題呢？（如
　　　何）

是非問句通常比較少使用簡答方式來回應，而是要知道問什麼，才能回答什麼，例如(3c)問的是時間，回答也應該直接回應「明天」或「下個月」，這樣才能回答問題。什麼問句還包括原因（為什麼），例如「他為什麼不來呢？」

　　帶「何」的字眼，其實是文言文的殘留，不過在現代語文中，還是很常見到如後的語句如：

(4)

　　a. 何人來此亂搞？（誰）

　　b. 何事讓你如此煩惱呢？

　　c. 都過了半小時了，你何時才會到呢？

　　d. 沒想到你說走就走，何處才能再相逢呢？

　　e. 到現在為止，我還搞不清楚這事要如何解決？

以上帶「何」的問句，其實是我們生活的一部分，屬於生活語言。至於要不要加疑問語尾詞「呢」也是隨個人而定。大體而言，較正式的發言會保留「呢」，但比較庶民的生活中，「呢」與「嗎」一樣，通常受到省略。

　　介於是非問句與什麼問句之間的，還有插入句如「我（你）想、我猜、（你）認為、我（你）知道、我（你）猜，依你看……」。這種情形，要看講話者心中，那個才是焦點，而會選擇使用「呢？」或「嗎？」。試比較後面幾句：

(5)

　　a. 你知道今晚誰會來主持開幕式嗎？

　　b. 你知道今晚誰會來主持開幕式呢？

　　前面(5a)和(5b)都是可能的問法，而且也都是正確的問句。其主要的差別在於講話者，若用「嗎？」，其焦點在於「你知不知道」，如

⑹。若選用(5b)的疑問方式，則顯然講話者的焦點在於「誰會來」。因此，回答問句者通常會就問句者的焦點而採取對應的回應方式，如⑺。

⑹

　　a. 你知道下週一的週會誰來主持嗎？

　　b. 當然知道，校園內哪有我不知道的事。

⑺

　　c. 你知道今晚誰會來主持開幕式呢？

　　d. 還不是隔壁班的那位明星。

可見在漢語的疑問句方面，本來就存有相對明顯的疑問標記，是非問句都用「嗎？」，而什麼問句則用「呢？」，這種情形在有插入句時，更爲明顯。不過，語言是活的，總會隨著時代而簡省，如今的疑問句，可能改用語調來表示，而逐漸省略疑問詞尾。

懷疑問句：「吧？」

　　先比較後面兩個問句，再進行解說。

⑻

　　a. 這次鋼琴比賽小華會來嗎？

　　b. 這次鋼琴比賽小華會來吧？

　　前面⑻中的兩個問句都是大家常常聽得到的生活用語，但什麼時候要用「吧？」什麼時候要用「嗎？」。細加思考，(8a)是個純粹問句，問話者只想知道小華會不會來。但是(8b)的問話者，心中顯然存有預設立場（請參考第十六章），可能他知道小華上次比賽表現不夠好，因此心中懷疑小華這次是否會來，故用「吧？」講出心中的疑問。其他類似的語氣，可以比較後面幾個例句。

⑼

　　a. 這麼晚了，小明應該去睡了吧？

　　b. 我想他可能不會再來找張瑪莉了吧？

　　c. 那是場很重要的會議，你應該不會缺席吧？

d.他已經這麼多次的出軌,這次不會是最後一次吧?

(9a)是很晚回家的媽媽最常問的一句話,在她的心中,總認為自己太晚回來,有點內疚,因此希望小孩入睡了。如果小孩入睡了,媽媽心中總會覺得減緩內疚的負擔。若孩子在臥室癡等,那心中就難以負荷了。同理,(9b)講話者必然知道他和張瑪莉已經鬧翻了,所以才會有這樣的問句。簡而言之,帶「吧?」的問句,都不是純粹的問句,而是心中帶有些許預設立場。

其他問句形式

除了前面介紹過的是非問句、什麼問句、懷疑問句之外,我們還常常見到的還有三種問句。第一,選擇問句(這個或那個問句)⑽,第二,語尾附加問句⑾,第三,正反問句(A-not-A問句)⑿:

⑽

　　a.請問你要喝茶還是喝咖啡呢?

　　b.你想找的是張三還是李四呢?

　　c.是你想去還是你弟弟想去呢?

⑾

　　a.你就是蕭先生,是吧?

　　b.剛才進來的,不就是王小姐嗎?

　　c.我剛剛就是這樣講的,不是嗎?

⑿

　　a.你到底想不想進來談呢?

　　b.那件黃色上衣是不是媽媽的呢?

　　c.關於那件事,你要不要直接找經理談談呢?

前面三種問句,每一種都還有不同層面的問題,不過我們只要掌握後面的幾點概要,即可大約了解其用法。首先,選擇問句,俗稱為這個或那個問句,現在的口語多半省去了語尾標記。若要正式些,則應該採用「呢?」,這道理其實很明顯,因為這種問句也不能單純用是不是、

對不對來回答的，而是帶有「哪一個」（與英語的which)的涵義，故本質上屬於什麼問句。回答也相同，不用「會不會、能不能」回答，而是直接了當，想問哪一個，就直說哪一個。例如(10a)的回答，通常是「咖啡，謝謝。」

其次，就是⑾的語尾問句。這與一般的是非問句相同，可以用「嗎？」或者「吧？」，這關鍵也是在於講話者心中是否存有猶豫或懷疑的語氣。換言之，語尾問句基本上為是非問句的另一種疑問方式，是「嗎？」或者「吧？」正好可以反映講話者心中是否帶有猶豫、存疑的態度。

最後，⑿的正反問句，英語稱為A-not-A（正反問句）問句，基本上就用「呢？」，因為「是A或不是A」本身就帶有選擇的意味，因此其內在精神與⑽的選擇問句很類似，屬於選擇（which）的一種，故會才用「呢？」作為語尾詞。

總而言之，疑問的方式和類型表面看起來有很多種形式，但細加探究，會發現本質上或基本上，只有三種：(a) 純粹問句，也就是是非問句，語尾助詞用「嗎？」，(b) 帶有猶豫或懷疑的預設，則選用「吧？」，而(c)什麼問句，包括帶有選擇的選擇問句或正反問句，一律都採用「呢？」。這中間最值得留意的是，帶有插加語詞如「你認為、你猜、你知道」等等的問句，就必須要先了解講話者心中的焦點或重點，進而決定用「呢？」或用「嗎？」。

複習

1. 下列哪一個句子不是正反問句？(2016:27)
    (A)今天開會不開？　　　　　　(B) 這件事，他能不知道？
    (C)你吃飯了沒有？　　　　　　(D) 到底去不去臺北呢？
2. 關於疑問語助詞「嗎」的用法，下列哪一句是病句？(2020:20)
    (A)張小姐昨天不在家嗎？　　　(B) 你知道他明天要去哪裡嗎？
    (C)你想喝點茶還是咖啡嗎？　　(D) 這個地方你不是去過了嗎

否定句

　　漢語的否定詞主要有「不」與「沒」所構成，少數的情形會用「無、勿」。但是「不」與「沒」這兩個否定詞的用法，可說在規則中有許多例外，或者說在例外中還有許多規則，因而饒富趣味。此外，否定通常涉及否定的範疇、否定的語用、還有雙重否定的用法。

否定詞「不」與「沒」

　　簡單地說，「不」用於動詞，而「沒」用於名詞。如：

⒀
　　a. 他不會來。
　　b. 他沒有錢。

這樣的歸類方式本來非常簡便，但實際上兩者的用法還有很多交集，因此不能如此論斷。比如說，兩者都能出現在動詞之前：

⒁
　　a. 他不走（搬、聽、說……）。
　　b. 他沒走（搬、聽、說……）。

細加思索，「不」帶有「意願」的自主性，而「沒」似乎帶有動作，本質上是名詞，如(14b)的「沒」否定的是「他走」這個動作。另外，「沒」與「沒有」同意、同用法，表示「沒有動作」。這與動賓結構的動詞很類似：

⒂
　　a. 他不讀書（吃飯、喝水、罵人……）。
　　b. 他沒讀書（吃飯、喝水、罵人……）。

既然「沒」來自「沒有」的省稱，我們應該先了解漢語的「有」字句，再回頭比較「不」和「沒」的用法。

有字句

　　有字句是臺灣國語與大陸普通話差別的主要特徵之一，很值得比較與討論。簡而言之，臺灣國語什麼都「有」，而大陸普通話則什麼都沒「有」，試比較：

⒃

臺灣國語	大陸普通話
a. 你昨天<u>有</u>去圖書館嗎？	昨天你去了圖書館嗎？
b. 等一下妳<u>有</u>要去看阿明嗎？	待會兒你要去見他嗎？
c. 阿明<u>有</u>說要請你來。	阿明說要請你來。
d. 你的男朋友<u>有</u>很有錢嗎？	妳的男友很富嗎？

　　從⒃可發現，臺灣國語幾乎每種句型都要「有」而大陸普通話幾乎很少用「有」。爲何臺灣國語有此特色呢？主要應該是「在地化」的影響。所謂「在地化」（nativization），指外來的主要官方語言受到當地語言的影響，進而在語音、構詞、句法、甚至語意方面產生變化者。世界上最具「在地化」影響的是印度英語與新加坡英語。臺灣漢語有字句的繁多，應該是臺灣閩南語、客家語都是每句都有「有」的語言。

　　我們先看漢語的「有字句」用法：

⒄

　　a. 表「擁有」之意，多置於名詞之前，如：我有很多朋友。

　　b. 表「具有」之意，如：桌子有四隻腳。

　　c. 表「存在」之意，用於引介句中，如：山上有很多螢火蟲。

　　d. 與表完成時貌詞連用，如：我有去過東京。

　　e. 表「已經發生」的動作或狀態，如： 我有去買那本書。

　　f. 數量詞之前的有，如：他的房子有八十坪大。

　　g. 表「變化後」的情況，如：這些衣服有夠乾燥啦。

　　h. 疑問句中的有，如：你有要去看他嗎？

前面(16a-f)是漢語共有的句式，但(16g-h)卻是臺灣國語的特色。這些

語句的否定句為：

⒅

　　a. 我沒有很多朋友。

　　b. 那桌子沒四隻腳。

　　c. 山上沒有螢火蟲。

　　d. 我沒去過東京。

　　e. 我沒去買那本書。

　　f. 她的房子沒有那麼大。

　　g. 這些衣服不夠乾。

　　h. 你不去看她嗎？

兩相比較，漢語的「有」都與「沒有」作為否定，但是臺灣國語的(17g-h)在漢語的否定用「不」。不過，以臺灣國語而言，(18g)和(18h)固然可以接受，不過臺灣國語也可接受(19a)和(19b)的否定句，如：

⒆

　　a. ？這些衣服沒有夠乾。

　　b. 你沒有要去看她嗎？

　　語意上，(19b)的否定似乎把「要去看她」看做一種經驗（名詞），否定很自然就可以用「沒有」。

　　漢語的「有」能延伸到其他有形無形的物品之中(20a，20b)，還能追述過去的時間(20c)，或者某種條件下的擁有(20d)，如：

⒇

　　a. 他認為到醫院做義工很有意義。

　　b. 這小傢伙，真有眼光，竟然找到這麼甜的女孩。

　　c. 那個時代只有腳踏車，沒有機車，更沒有汽車。

　　d. 媽媽往生後，我再也沒有親友了。

　　另外，(21b-21c)表存在的「有」。(21d)和(21e)也具存在具的特性：

(21)

　　a.牆壁上有日曆。

　　b.有太陽了，趕快把被子取出來曬。

　　c.他看起來約有四十來歲吧？

　　d.我的小孫兒，有這麼高了。

　　e.她的眼珠兒約有乒乓球這麼大。

　　以上句子的否定，大致上還是用「沒有」，如：

(22)

　　a.牆壁上沒有日曆。

　　b.沒太陽了，趕快把被子收進去。

　　c.他看起來還沒有四十來歲吧？

　　d.我的小孫兒，還沒有這麼高。

　　e.她的眼珠兒沒有乒乓球大（沒這麼大）。

　　簡而言之，漢語的「有」可用的句子非常多元，但主要還是表達「擁有」（我有一畝田。）、「具有」（床架有四隻腳。、「大約」（「那套房約有一百平方米。」或「我家門前的路有八米寬。」）、「存在」（「樹上有幾個鳥巢」。或「有風來了，快把奶奶推進去。」）

　　至於「有」大致上都能用「沒有」作為否定的表達形式。有了「有字句」的背景之後，在回頭來檢視「不」和「沒」的用法差別。

「不」和「沒」再檢視

　　「不」和「沒」之中，約而言之，動詞的否定用「不」，名詞的否定用「沒」。另外，「不」和「沒」雖然有交集，但「不」帶有「意願」的自主性，而「沒」帶有經驗性或結果：

(23)

　　a.他做不完這項工程。（打不開、鎖不住、得不到……）

　　b.*他做沒完這項工程。（*打沒開、*鎖沒住、*得沒到……）

c. 他做得完這項工程。（他能做完）

d. 他沒（有）做完那項工程。（他沒有具體的結果。）

e. 他有做完那項工程。（他做完那項工程了）——有結果

像「做完」這類動補結構動詞，能把動詞和結果補語分開，一如(23a)（否定用法）、（23c是(23a)的相對肯定用法）。但也能把整個動補動詞看做一個單位，如(23d)和(23e)。易言之，(23d)和(23e)在本質講究或側重結果。另外，「不」是能願動詞，多表「意願」（情態動詞的一種，請回頭檢視第七課動詞。）所以能用「不」，若用「沒」會很奇怪：

(24)

a. 小華不會（想、應該、願意、可以……）這樣對待父母親。

b. *小華沒會（想、應該、願意、可以……）這樣對待父母親。

至此，稍微整理「不」與「沒」的用法。「不」用於動詞，特別是表意願，能由個人作主的句子中(25a, b)或者在「是字句」(25c, d)：

(25)

a. 他不會辜負妳的。

b. 他不喜歡讀書。

c. 他不是那種會欺騙他人的人。

d. 事情根本就不是這樣的。

而「沒」大都用於有關名詞(26a)、現狀(26b)、事實(26c)，如：

(26)

a. 那裏沒有水，只有雜草。

b. 他沒有來參加這場演講。

c. 他沒有來得及好好照顧媽媽。

而「不」與「沒」都能放在形容詞之前。這主要是由於漢語的形容詞多能當謂語，因此這種情形與前面討論過的動詞的否定相類似，如：

(27)

a. 燈（窗子、玻璃）不亮（髒、貴、乾淨、透明、漂亮……）。

b.燈（窗子、燈塔）沒亮（髒、乾淨、透明……）

「燈不亮」表示燈壞了，無法自主點燈亮起來。但是「燈沒亮」表示燈還好，只是點燈的人還沒讓它亮（還沒點燈、開燈）。顯然兩者還是有內在的差異。

此外，「不」與「沒」各有固定的用語，特別是在肯定與否定具有相同語意的短語或句子結構中。「好不____」與「好____」，這裡的____可以是「親熱、容易、漂亮、得意、威風……」，如：

(28)

a.他過得好快樂。

b.他過得好不快樂。

(29)

a.媽媽好容易才找到躲在電動玩具店裡的小華。

b.媽媽好不容易才找到躲在電動玩具店裡的小華。

前面(28a)與(28b)雖然一個肯定，一個否定，但是語意卻是相同的，都表示「很」的意思。而(29a)與(29b)的意思相同。在「沒」的使用上，「差點兒」與「差一點兒沒____」語意相同，這裡的____可以是「撞到車、考上大學、錯過班機、被退學」，多爲動詞短語，如：

(30)

a.他差點兒撞到那位小姐。

b.他差點兒沒撞到那位小姐。

(30a)雖是肯定句，卻表(30b)的語意，總之，他沒有撞到那位小姐。

簡而言之，在肯定與否定同意的結構中，「不」專用於「好不____」與「好____」的句型，而「沒」專用於「差點兒」與「差一點兒沒____」之中。

雙重否定

否定句中，除了「不」與「沒」的使用方式之外，另一個引起重視的是雙重否定的結構方式。照邏輯來講，這兩個否定詞應該能組成四

種不同的雙重否定，但有趣的卻是很難找到「沒有……沒有」的雙重否定句。其他三種結構分別為：(a) 不……沒，(b) 不……不，(c)沒……不。

(31)不……沒

　　a.我不是沒有跟他講道理呀。

　　b.他絕對不是那種沒有檢驗就退件的廠長。

(32)不……不

　　a.小華不是不講理的人。

　　b.他寫的書不是不暢銷，而是他老婆花錢太兇。

(33)沒……不

　　a.天下沒有不散的筵席。

　　b.世間沒有不要命的人。

　　雙重否定都表肯定的語意，而且都具有加強語氣的功能。例如(33b)其實就是「世間人都愛命。」但這樣的直述句，彷彿欠了一分語氣。若改成(33b)則多了氣勢，正如(33a)會成為人人引用的經典諺語或俗語。

　　其實漢語的雙重否定，不僅只有前面三種結構，還有另外四種也常被引用，分別為：(a)不是……沒有，(b) 不[能願情態詞]……不，(c)沒……不是。，(d) 不……沒有。

(34)不是……沒有

　　a.他絕對不是沒有感情的人。

　　b.我不是沒有顧慮到他的情緒。

(35)不[能願情態詞]……不

　　a.這種情況下，他不得不拒絕你的好意。

　　b.就這件事情來判斷，不能說他不講義氣。

(36)沒……不是

　　a.天下沒有一個門派最後不會解散的。

　　b.舉世滔滔，沒有一朝代不是逐漸形成的。

(37)不……沒有

　　a.他不應該沒有先跟你講清楚吧。

　　b.AI伺服器沒有先經過幾百次的檢驗就不會上市。

　　以上七種雙重否定的結構，有幾種只是表面形式的差異，其內在的本質基本上很相同，例如(32)和(34)，(33)和(36)，但我們在此僅提供各種可能的雙重否定句，讓讀者便於查閱。

複習

1. 請圈選出能同時用「不」和「沒」表否定的語詞。

　　a.＿＿＿＿活動。 b.＿＿＿＿喜歡　 c.＿＿＿＿唱歌　 d.＿＿＿＿打破

　　b.＿＿＿＿要命。 f.＿＿＿＿高興　 g.＿＿＿＿搬家　 h＿＿＿＿寫字

2. 請圈選出只能用「不」表否定的語詞。

　　a.＿＿＿＿能走。 b.＿＿＿＿是農夫　 c.＿＿＿＿願去　 d.＿＿＿＿講清楚

　　e.＿＿＿＿事。 f.＿＿＿＿幸福　 g.＿＿＿＿用腦　 h＿＿＿＿花錢

3. 請圈選出只能用「沒」表否定的語詞。

　　a.＿＿＿＿是小姐。 b.＿＿＿＿做完　 c.＿＿＿＿明亮　 d.＿＿＿＿老

　　f.＿＿＿＿乾淨。 f.＿＿＿＿洗衣　 g.＿＿＿＿講話　 h＿＿＿＿朋友

無和勿

　　否定詞「無」源自文言文，但多半日常生活中還常常聽到「無」的用句，如(38a)、(38b)。至於(38c)的語詞，更為日常的語言：

(38)

　　a.他毫無遠見，連我這種美女也不懂得珍惜。

　　b.他向來胸無大志，讀書得過且過。

　　c.無糖豆漿，無鹽核果，無料，無性，無趣。

　　另一個還常用的文言否定為「勿」，常見於命令句或標牌中，或者贈送相片時，在背後留言，如：

⒆

　　a.請勿踐踏草地。

　　b.請勿抽菸。

　　c.勿忘影中人。

「無」和「勿」可以視爲文言的殘留。

結語

　　本章主要引介與討論疑問句和否定句。疑問句是漢語句型中，頗值得注意的課題主要是由於三種不同的語尾詞標記：1.純粹問句，也就是是非問句，語尾助詞用「嗎？」；2.帶有猶豫或懷疑的預設，則選用「吧？」，而3.什麼問句，包括帶有選擇的選擇問句或正反問句，一律都採用「呢？」這些疑問句在各種文獻中，都各有引起不同解讀的方式，但我們這裡只把焦點放在結構形式上，讓初學者能很快掌握漢語疑問句的內涵。

　　第二個主題是否定句，主要是討論「不」和「沒」的用法，雖然表面上可以用很簡單的方式概括，即：「不」用於動詞，特別是具有意願或自主能力的動作動詞，而「沒」則與表事實、狀態的名詞有關。不過在漢語結構之中，有很多表面是動詞的用語，卻採用「沒」來當否定詞。另外，「不」和「沒」各有一個很固定的表達方式，各表肯定與否定語意相同的用語。「好不快活」與「好快活」語意相同，都表肯定語意。和「沒」連結的是「差點兒沒錯過班機」與「差點兒錯過班機」其實都沒有錯過。

第十四章

連動句與兼語句

引言

　　這一章將要討論兩個主題：連動句和兼語句。這兩個主題都是漢語很特殊的結構。所謂連動句，就是兩個動詞（謂語）連起來共用一個主語，故稱為連動句，如：「小明坐下來寫字」，這個句子中，小明連續做了兩個動作，「坐下來」、「寫字」。至於兼語句，則表句子中間某個名詞兼具有賓語和主語的功能，如：「我叫她走開。」這句中的「她」是「叫」的賓語，卻是「走開」的主語。易言之，「她」兼具主語與賓語的功能。

連動句的界定與用法

　　同一個主語，後面接了不同的謂語結構者，稱為連動句，連著有兩個動詞的句子之意。由例句來解說應該會比較容易：

(1)

　　a.小明進屋來喝茶。

　　b.小華帶著微笑跟祖父說再見。

　　c.聽到鈴聲，小芳起身去幫客人開門。

　　(1a)的主語是小明，但後面接了兩個謂語，一個是「進屋來」，另一個是「喝茶」。(1b)的主語是小華，後面接的兩個謂語，分別為「帶著微笑」、「跟祖父說再見」。(1c)的主語是小芳，謂語有「聽到鈴聲」、「起身」、「去幫客人開門」。以上這幾個例句都是一個主語接至少一個以上的謂語，這種結構就是連動句，也稱為「連謂結構」。

我們留意到這兩個動作是有先後次序的，例如(1a)是先「進屋來」再「喝茶」，假若順序不同，會帶來不同的語義，如「小明喝了茶再進屋來」，這就與(1a)的意思就大不相同了。

　　大多數連動句的謂語都表動作，如⑴中的「進、喝、起身、開門、說再見」，但也有靜態動詞，如「帶著微笑」，更可與「來、去、有」等連用，如：

⑵

　　a.我們就賣些東西來幫他籌學費。

　　b.她看到我進來，就起身去端茶過來。

　　c.求學時期我們窮忙一通，有朋友，沒有錢。

　　d.小江有能力去海外求學。

　　e.我只見他坐著不動。

　　(2a)的兩個謂語，後面的「來幫他籌學費」可說是前一個「賣些東西」的目的，有些因果關係。(2b)用了「來」表另一個動作。(2c)的兩個謂語都是靜態的有字句，而且時間上並沒有先後。另一個常用有的連動句型恰如(2d)，表有機會、能力、權力、資格、錢財等等，作為後一動作的基礎。最後的(2e)中，不但「坐著」是靜態的動作，後面的「不動」也是表靜態。綜合這些例句，我們發現連動句並不限於動作謂語，但是若為動作謂語，則其先後順序很重要。

複習

1.下列哪一個句子屬於連謂結構？(2016:4)

　⑷小華去臺北聽演唱會。　⑻ 他把書還給圖書館了。

　⒞老李送我一盒月餅。　⒟ 妹妹哭得兩眼通紅。

2.下列哪個句子是連動句？(2022:13)

　⑷小明一路跑跑跳跳。　⑻ 大家都叫他郭大膽。

　⒞媽媽帶妹妹去公園。　⒟ 班長立刻上臺點名。

3. 下面哪一個句子是連動句？(2017:22)
　(A)「我拿他一本書。」　　　　(B)「你睡了整個下午。」
　(C)「你叫他馬上來。」　　　　(D)「我舉雙手贊成。」
4. 下列四字格成語的構成方式，不屬於連動結構的是：(2018:6)
　(A)畫蛇添足　　　(B) 梅開二度
　(C)刻舟求劍　　　(D) 衣錦還鄉

兼語句

　要了解兼語句，且先看例句：

(3)

　a. 小華請小芳來喝茶。

　b. John asked Mary to come for tea.

　在(3a)的句子裡，小芳是「小華請小芳」句中的賓語，不過小芳卻是「小芳來喝茶」一句的主語。換言之，小芳同時兼具賓語與主語的角色，這種句子結構稱為兼語句。其實，英語也有兼語句結構，如(3b)的Mary就是ask的賓語，也是to come for tea的主語，但英語並沒有特別的名稱來稱呼這種句子結構。

　兼語句主要與動詞類別有關，因此兼語句的類別或劃分標準還是以動詞為基礎。約而言之，大致分為四類：使役動詞，邀請類動詞，答應類動詞，其他。後面就是將從每種類別來討論其用法。

兼語句的類別

使役動詞

　使役動詞指「讓、使、命（令）、催（逼）、強迫、要（求）、使、叫、吩咐）」，這類動詞的特性就是賓語之後必定有個動作，這個動作的主語就是使役動詞的賓語，例如(4a)的小明是「讓」的賓語，同

時又是「去買點東西」的主語。

(4)

　　a.老師讓小明去買點東西。

　　b.校長命令小朋友要遵守秩序。

　　c.父母還是叫小芳上大學讀法律。

　　由(4)的例句，大約可以看出來，使役動詞具有V＋O＋V（使什麼人去做什麼事）的特性，所以很自然就會產生兼語句。以(4b)的「命令」而言，必須要「命令什麼人去做什麼事」，結果就是兼語句。

　　另一類在用法上完全和使役動詞相同的是邀請動詞，如「請、邀、陪、送」，這類動詞同樣會產生兼語句，因為這組動詞的內在特性，也是「請什麼人去做什麼事」，結果自然就是兼語句的產生。

(5)

　　a.小華邀請外婆（來、去）參觀學校。

　　b.我想送孩子到國外去讀書。

　　c.下午我會陪老伯上街走走。

以上的使役動詞和邀請類動詞，表面上沒什麼關聯，但內在結構都有「V什麼人做什麼事」的特性，所以這兩類動詞都會衍生兼語句。

特殊動詞與句型

　　這類動詞之所以特殊，就是因為動詞本身的語義和用法，如「選、推、派、委任」等等動詞，在語意內帶有職稱或工作名稱者，很自然會衍生出固定的句型，類於「選（人）……做（職務）」、「稱（人）……為（職銜）」、「認（人）……做（職稱）」等等，雖然後面的「做、為、任」等等並非固定，也非絕對必要，但由於用法比較固定，所以常有句型式的用法，帶來了兼語句的結果。

(6)

　　a.我們推選張瑪莉擔任華語文協會的主席。

　　b.小芳曾認李小龍作師父。

　　c.小賴子後來請章先生當博士論文指導教授。

　　基本上，目前爲止的動詞類型，都具有很相同的特性，含有「V（人）做（事）」的內在本質，所以共同成爲兼語句的催生者。

「動詞+賓語+補語」類的動詞

　　這在第七章的句型類別中，屬於第三種句型，就是「動詞+賓（人）語+補語」。這類動詞大都爲主觀性已較強烈的，如「待、嫌、惱、疼、恨、喜、笑」。如：

(7)

　　a.祖父嫌二愣子不夠伶俐。

　　b.小芳總惱阿文笨手笨腳。

　　c.董事長笑小張過於拘謹。

在SVOC結構中，如果補語爲形容詞，就可能產生兼語句，如(7a)，其結構如(8a)，但其內在的結構實際源自於(8b)，十足是個兼語句。其他如(7b)與(7c)，句法結構與(7a)相同。

(8) a.

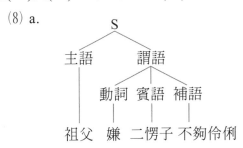

　　b.〔祖父　嫌　二愣子〕〔二愣子　不夠伶俐〕

　　迄今爲止的動詞類別，不論是使役動詞、邀請動詞、認人職稱的動詞，還是需要賓語候補語的動詞，基本上都屬於「V（人）做（什麼）」的共通點，這共通點才是兼語句的催生者。

與「是、有」相關的兼語句

　　「是、有」之後的名詞是否爲賓語，向來難以認定，不過漢語語法

學家都承認「是、有」也能衍生出兼語句，如：

⑼

　　a.是小芳要把奶奶接去照顧。

　　b.要把奶奶接去照顧的是小芳。

　　c.小芳才是要把奶奶接去照顧的人。

　　d.現代花蓮有個客家詩人叫葉日松先生。

本質上(9a)源自於「是（人）V（人）做（事）」的句型，頗像英語的It is ＿＿ that...的強調句或加強語氣，該句有人稱為「準分裂句」。因此 (9a)可以改為(9b)或(9c)的形式，但以(9a)最有兼語句的特徵。其實，「是」只是引導句子，但相關的動詞仍然屬於前述的那幾種，如：

⑽

　　a.是張三邀請媒人來說親的。

　　b.是董事長自己命令阿明去搬水果的。

　　c.是老大要脅阿明娶她女兒的。

至於(9d)「有字句」源自於平常的存在句，與英語的There is some (poet) called…。英語是有被動語句的語言，但換成漢語，被動形式消失了，最後形成了兼語句。這種句子還有：

⑾

　　a.大路關出了一個作家叫做鍾理和。

　　b.學校有個外語教師叫做比利。

　　c.那裏住著一個小女孩叫做李瑪莉。

最後，我們應該了解，有些表面看起來像兼語句的句子，實際分析過後會發現並非兼語句，請比較：

⑿

　　a.我允許小明去參加舞會。

　　b.我答應小明去參加舞會。

前面⑿的兩個句子，表面上是一樣的結構，但是動詞的內在本質卻使兩個句子有了很大的差別。(12a)是很典型的兼語句，但(12b)卻不是。

主要的原因在於(12a)的小明是「去參加舞會」的主語，但是(12b)「去參加舞會」的主語卻是「我」，而不是小明，雖然 (12a)和(12b)的小明都是賓語，不過只有(12a)的小明兼具主語的功能。因此，(12a)是兼語句，而(12b)卻不是。

另一類結構像兼語句，而實質卻不是的動詞，如「認為、以為、期望、知道」等，這類動詞的特性就是以句子（通稱為子句）為賓語，如：

(13)

　a. 我認為張三會來幫忙我們。

　b. 老闆以為大家都不來了。

　c. 我知道張三肯定會來的。

以(13)為例，該句的結構應該是〔我認為〔張三會來幫忙我們〕〕。換言之，〔認為〕的賓語是〔張三會來幫忙我們〕整個句子，而不是*〔我認為張三〔張三會來幫忙我們〕〕。簡而言之，(13)的三個句子都不是兼語句。

複習

1. 下列何者為兼語句？(2016:34)

　(A) 我希望他的病情好轉。　(B) 我們選他當班長。

　(C) 我想他應該出席。　(D) 我知道他臨陣脫逃。

2. 下列哪一個句子是兼語句？(2023:16)

　(A) 我知道他住在哪裡。　(B) 我送了他一本新書。

　(C) 他最喜歡逛街吹冷氣。　(D) 老師鼓勵大家好好學習。

3. 下列何者**不是兼語句**？(2017:21)

　(A) 我們讓小明先走。　(B) 他們都說我不對。

　(C) 恭喜你得獎。　(D) 我請他幫忙。

結語

　　本章引介了連動句與兼語句。所謂連動句指一個主語連著有兩個（或以上）的謂語者，如「小芳走來抱起她的女兒」，句中的主語「小芳」，連續做了兩件事，「走來」、「抱起她的女兒」。這種同一個主語，連著有兩個動作的句子稱為連動句。

　　兼語句指像「父親逼他來看妳。」之類的句子，其特色是「他」在句子中扮演兩個角色，一者「他」是「逼」的賓語，同時「他」又是「來看妳」句中的主語。因此，只要句子中，有個同時兼具賓語與主語的句子，通稱為兼語句。

　　兼語句的動詞，大抵為使役動詞、邀請動詞、或是屬於SVOC（主語+謂語+賓語+補語）的結構，這些動詞的共通點是：具有「V人做什麼事」的特性，正好是衍生兼語句的基本要件。

　　不過應該要特別注意，並非所有的「主語+謂語+賓語+補語」的結構都屬於兼語句，尤其是「答應、承諾」等動詞，如「小明答應小華去參加舞會。」這裡「去參加舞會」的人顯然是「小明」，而「小明」並非「答應」的賓語，所以這種句子並非兼語句。另一類是以整個子句為賓語的動詞，如「以為、認為」等動詞。

第十五章

把字句與被字句

引言

　　這一章將要討論兩個主題：把字句與被字句。這兩種句子都是漢語相當特殊的句子。所謂「把字句」就是使用「把」而讓後面的賓語提前，變成「S把O+V」的結構（S=主語、O=賓語、V=動詞），如「她把球丟進水池裡面了。」換言之，一般句子的語序爲SVO，但是把字句變成了「把O+V」，這也可能是早期語法學家把這種句子稱爲「處置式」結構的緣由，因爲把字句把原來的語序做了改變。

　　至於被字句，就是含有「被」的被動句型，如「球被小華丟進水池裡面了」。把字句與被字句共同的特性是，把賓語提前到動詞的前面，使華語的主語+動詞+賓語（SVO）的語序，變成了「主語把+賓語+動詞」（SOV）。也因爲這個特性，讓把字句和被動句通常被歸類在一起討論。

把字句

　　把字句早期多被人稱爲「處置式」，主要的著眼點可能是在賓語位置的轉換或改變，如「她把路上的石頭移開了。」，本來石頭在路上，結果她把石頭移到別的地方，即把石頭給處置了。又如「請你快把祕密講出來吧！」，「祕密」本來是不公開的，大家都想知道卻無從開始，現在既然你知道了，就講出來，因此這個「祕密」的情況也有了改變。

　　在此，我們不想討論把字句的來源，只想從幾個簡單的層面來了解把字句的用法。我們先從句型入手。傳統的五大句型，後來被喬姆斯基

點出其問題，主要是像英語put之類的動詞，除了必要有賓語外，還必須有個地方詞，如：

(1)

　　a.*He put a book.（她放一本書。）

　　b.He put a book on the table.（她在桌子上放一本書。）

　　c.她把書放在桌子上。

為了彌補這個缺憾，我們在第一章給了六個句型，藉以認可(1b)句型的地位。不過，在漢語裡面，像(1b)這種句子並不常用，因為這種句型多半改用了把字句，這才符合語感，如(1c)遠比(1b)還常用。

　　另外，漢語有「動補」式的動詞結構。所謂「動補」式或「述補」式結構，都要有結果來當補語，如(2a)，小華氣妹妹的結果是（讓妹妹）哭了。又如(2b)，小明賣水果的結果，就是賣完了所有的水果。

(2)

　　a.小華氣哭了妹妹。

　　b.小明賣光所有的水果了。

理論上，像(2)的漢語語句會很多，因為動補動詞非常常見。實際上，我們很少看到像(2a) (2b)這種句子，主要是這句子多半改用了把字句，如：

(3)

　　a.小華把妹妹氣哭了。

　　b.小明把所有水果賣光了。

換言之，漢語的第六種句型(4)和動補結構(5)，多改用把字句來表達。更多的例句如後。

(4)

　　a.她把信裝入信封內。

　　b.她把水果放入冰箱裡。

　　c.基督山伯爵把珠寶藏在山洞裏頭。

⑸

　　a.小華把教室清理乾淨。

　　b.她赴美之前就把所有房產都變賣一空。

　　c.決定離開她之後，小明把她寫的情書全燒毀了。

另外，還有「動詞+（重複）+得程度」的動詞重複結構 (6a，6c)，也常改用把字句，如：

⑹

　　a.她唱那首山歌唱得真好。

　　b.她把那首山歌唱得真好。

　　c.她研究語言學研究得很深入。

　　d.她把語言學研究得很深入。

　　綜合前面幾類動詞的觀察和分析，有個很明顯的啟示，那就是把字句其實和動詞的類別關係密切。昔日的把字句研究焦點多放在是否有賓語移前的現象，甚至還有把字句多表負面的情緒為多（如她把小瑛弄哭了，把盤子打破了，她把小明給氣瘋了）。不過，根據前面幾組動詞的歸類，其實把字句多與動詞的內在結構有關，例如動補句、第六種句型（SVOC）、動詞得程度的句型，這些動詞都帶有「動詞+結果」的共通點，所以才會以把字句表示居多。

　　把字句也常會多用「給」，並不會改變語意。如：

⑺

　　a.小華把妹妹給氣哭了。（試比較 (3a)）

　　b.她把信給裝入信封內。（試比較 (4a)）

　　c.小華把教室給清理乾淨。（試比較 (5a)）

　　d.她把那首山歌給唱得藝術化了。（試比較 (6a)）

由於把字句主要是把VO轉化成「把OV（了）」，把字句只限於及物動詞（有賓語的動詞），不及物動詞如「笑、哭、醒、游泳」等都不會出現在把字句中。但若改為「逗笑、弄哭、叫醒、」則變成了述補結構，反而多會用把字句，如：

⑻

　　a.小明把那個孩子逗笑了。

　　b.小華把弟弟弄哭了。

　　c.她把小孩叫醒，準備上學去。

　　把字句涉及語序的改變，同時也讓賓語受到某種程度的處置，因此常與語氣轉變或轉換有關，故有時會與「就、便、才、再」等連用，如：

⑼

　　a.夫婦大吵之後，她就把所有剩菜倒掉了。

　　b.看著她離開，有點不忍，又把她再請回來。

　　c.家裡的田地賣光之後，他便發願未來必定要把賣掉的土地全買回來。

　　相關的修飾語，若與把字句有關，可以根據講話者的焦點，而做適度的調整，如：(10a)和(10b)基本上就是同一個句子，只是焦點不同。(10a)的焦點是零錢，(10b)的焦點是「從皮包裡」，但這僅就語言學的角度而做的分析，對一般讀者而言可能不必在意，只要很自然地讓把字句帶入口之中即可。

⑽

　　a.開車前，她把零錢從皮包內抽出來。

　　b.開車前，她從皮包裡把錢給抽出來。

　　c.媽媽離世前，他把痛苦從記憶內全書寫下來。

　　d.媽媽離世前，他從記憶內把痛苦全傾吐書寫下來。

　　把字句從早期只限於比較不好的結果（如：把杯子甩破了。）到現在幾乎好壞結果都允許（如：把男女雙方的歧見給融合了。），可說有了很長足的進化。現在的口語之中，甚至還是允許把字句帶著不及物動詞，如：

⑾

　　a.那人講的話把她氣得發抖。

　　b.這種天氣把她熱得發暈。

　　c.兒子這麼晚還不回來，真把人急得像熱鍋上的螞蟻。

前面⑾中的三個句子，動詞如：「氣、熱、急」都不是常見的及物動詞，反而大多數情形下，這些動詞都是不及物，如：

⑿

　　a.她氣極了。

　　b.她覺得太熱了。

　　c.請你不要急，很多事都是急不得的。

由此可知，⑾的這些例句說明把字句已經逐漸向不及物動詞滲透，至於未來能有多少這種類型的句子產生，應該是很值得注意的發展方向。

複習

1.在「把」字句中，用「把」引進的對象可以是謂語動詞的工具、處所、使動者等。請分析下列句中「把」字引進的成分與動詞是什麼關係？

　　a.小張把傘稱壞了。

　　b.她把盤子放在高處，以防被孩子打破了。

　　c.每天吃同樣的菜，把我的胃口都吃膩了。

2.關於被字句的敘述，下列選項中**何者有誤**？

　　(A)漢語的被字句除被動的作用外，多帶有貶抑的涵義。

　　(B)句首形式上的主語實際上是事件的受事者。

　　(C)「被」隨時可用虛詞「讓」、「叫」、「給」來替換。

　　(D)漢語的被字句不完全等同於英文的被動句。

被字句

　　被字句主要是表達被動的語義，尤其是三〇年代大量翻譯作品出現之後，被字句更廣為風行，現在可說已經成為日常口語中使用頻率很高的句型。通常被字句(12b)都能回溯其原本的主動句型(12a)，如：

⒀

　　a.昨晚警方找到了偷竊的嫌犯。

　　b.昨晚偷竊的嫌犯被警方找到了。

　　但也很多被字句無法找到相對應的主動句，如：

⒁

　　a.她的汽車被畫了幾條線。

　　b.從臺北回來她才發現錢包被偷了。

　　c.她的家人在戰爭時期被殺了。

　　像前面⒁的案例很多，這也是讓被字句更為流行的原因。其實，很多情況下，我們就很自然地使用被字句，如：

⒂

　　a.她先生被派到另一個單位去了。

　　b.由於不夠用功他被學校開除了。

　　c.戴資穎的潛力被大家看好。

　　d.大家從風雨中醒來，才知道門被撞破了。

　　前面⒂中的情況會是很多自然就脫口而出的句子，主要原因是施事者（agent）—— 主導或決定的人 —— 並不清楚或無法界定。以(15a)為例，「被派到另一個單位」的人是受事者（patient）－被派去的人——，但是誰做的決定，似乎很難確定。又如(15b)，「他」是被開除的人，是受事者，但是誰主導的呢？無法確定，不能說是「學校」，因為學校並不能「開除」他，要學校裡的某個或某些人才是真正下決定的開除他的人，但我們無從了解那些人是誰。

　　因此，對於無法確定主事者或施事者的句子，大都會使用被字句，這反映了大家語感內共通的認知，有很多情形下，「被」是很需要的。

　　被字句常與「所」或「給」共用，形成另一類固定句型，如：

(16)

    a. 當時他的祖先被生活所迫，只好遷居花蓮。

    b. 他一站上講臺，就被熱情的群眾所感動，幾乎講不出話來。

    c. 他停在路邊的機車被人給砸壞了。

    d. 這些學生被老師給寵壞了。

    e. 他似乎被熱情的群眾給嚇壞了。

    至於什麼時候用「所」，什麼時候用「給」，這是另一個難題。約而言之，後面接的是表情況越來越糟的，大抵用「給」，而較好或屬於中性者，用「所」，不過這僅僅是個參考指標。如：

(17)

    a. 她的大方儀態被大家所認同。

    b. 她對於教科書編排的看法被編輯同仁所接受。

    c. 他把學生給寵壞了。

    d. 校長把校園給弄美了（給弄壞了）。

    表被動的語詞，並非只有「被」，很多情況之下，會改用「為、受、讓、遭、遭受」等來取代「被」，同樣都能表達被動的語意。如：

(18)

    a. 他被人所害而失去工作，心中極為痛苦。

    b. 他為人所害而失去工作，心中極為痛苦。

    c. 他受人所害而失去工作，心中極為痛苦。

    d. 他遭人所害而失去工作，心中極為痛苦。

    e. 他讓人給陷害而失去工作，心中極為痛苦。

因此有些文獻認為漢語比較少用被動式，那應該是就「被」而言，像「為、受、遭、遭受」等都常見於古典小說或戲曲之中。有些時候，短句也會用「給」表被動型式，如：

(19)

    a. 他給人坑了。

    b. 他被人坑了。

　　c.你說他給什麼人騙了？

　　d.你說他被什麼人騙了？

　　前面(18a)與(18b)基本上都表示被動意味，但口語中多會用「給」來替代「被」，似乎這樣能拉近講話者與對話者之間的距離。(18c)與(18d)也有相同的效果，可見「給」也是替代「被」的常用語詞。

　　時代邁入二〇二〇年代之後，臺灣的漢語出現了新的被字句，那就是「被消失、被請辭」，尤其是官場上，某人的職位突然消失了或被取消了，但被取消職位的人卻什麼都不知道，這種情況稱為「被請辭」。本來「請辭」、「消失」等屬於不及物動詞，不會採用被動句。可是為了諷刺為了訕笑，結果衍生了新的被字句。

　　更有趣的是，臺灣的電視主播或芸芸大眾，突然掀起一陣「被」字風，許多不需要使用「被」字的，卻在口中浮現，而且到處使用，實在不甚妥當，如：

⒇

　　a.經過不斷的磋商之後，終於有了共識被達成了。

　　b.那樣的問題其實不應該被提出來。

　　c.像霸凌或性騷擾之類的主題實在有必要被公開討論的。

　　d.他如此的行為難道不應該被批判嗎？

以上這些句子的「被」顯然是多餘的，不需要的，毋寧說是受到西化或歐化的影響而產生的贅語或贅字。(20a)常說的是「達成共識」，(20b)為「提出問題」，(20c)應為「討論問題」，(20d)更常用「批判……行為」。過去漢語相對比較少用被字句，主原因在於許多像⒇中的句子，看起來或根據英語的用法應該用被字句，然而在漢語世界裡，卻多用主動來表示。更多的例子如：「完成任務、提升品質、美化環境、口頭報告」等等都不需要用到被字句。

　　日常生活中，我們也多用主動句來講述，如：

(21)

a. 他回家先做功課。（*功課被做了）

b. 通常他會清掃地板、擦桌子，然後去上學。（*地板被清掃，*桌子被擦）

c. 他吃過飯了。（*飯被吃過了）

以至於「喝茶、寫字、講話、洗手、穿鞋、揹書包、看電視、用手機……」都不會用被字句來表達。

複習

1. 就句法結構而言，下列哪一個選項與其他三者不同？(2020:25)

(A)這件事情我非常感興趣。　(B) 今年夏天很熱。

(C)這間餐廳做的菜真的很好吃。　(D) 這次的疫情很難控制。

2. 漢語的被動意不一定透過「被」字標記，下列語句何者不含被動語意？(2017:29)

(A)杯子打破了。　(B) 茅屋為秋風所破。

(C)誰能雀屏中選？　(D) 母親為家庭盡心盡力。

3. 後面哪個句子，並沒有被動的語意。

(A)風一來，門就開了。

(B)已經剩下一個禮拜，我只好好好地讀這些書。

(C)那家店的香腸很好吃。

(D)那個議題值得討論。

結語

本章討論兩種很特別的句型：把字句和被字句。特殊主要是從語序的角度而言。漢語基本上為SVO的語言，也即賓語是位於動詞之後的語言，然而在把字句和被字句中，卻出現了「S+把（被）+O+V」的語序現象，因此引起語法學家的重視。

　　把字句和被字句都有很多相關的研究，其中最有意思的是兒童語言習得或心理語言方面的研究，這些相關的研究都顯示共同的現象，那就是這兩種句型在兒童的語言習得過程中，都是最後學會的，通常要到四至五歲之後，小孩才逐漸穩定會講把字句。

　　把字句的句型通常出現在動補或述補結構的動詞之中，如「小明賣光了所有的西瓜。」常會講成「小明把所有的西瓜都賣完了。」另一種情形是事件發生的狀況不特別明確的時候，多用把字句，如「他把手表給弄丟了。」，這個句子表示講話者也不清楚在怎樣的狀況下丟了手表。

　　至於被字句，則多用於主事者不明確的情形之下，如「門窗被打破了。」講這個句子的人，通常是不知道「打破」門窗的人是誰。

第十六章

其他常用語句

引言

　　除了前三章所介紹過的疑問句、否定句、連動句、兼語句、把字句、被字句等六種句式之外，華語還有幾個常用的句型值得我們留心，其一是「是字句」，其二是「連字句」，其三是「比較句」，其四「插加句」。這些句型都很常用，但在初階的語法了解上，其內容都不需太細、太廣，因此合成一章較為可行的方式。

是字句

　　「是」是相對特殊的動詞，英語中的be動詞也很特殊，稱之為「連綴動詞」（linking verb），表示沒有實質的動作，只是由於要符合句子的條件，充當動詞。然而，我們的「是」，基本上與其他動詞特性很有一致性。如：「是」能用副詞修飾(1a)，能接情態動詞(1b)，能用於A-not-A問句中(1c)，也可以單獨成句(1d)。

⑴

　　a. 他回國七年，現在已經是正教授了。

　　b. 看面相，他應該是小芳的兒子。

　　c. 她是不是這樣說的？

　　d. 妳是真想嫁給他嗎？是。

不過，「是」也具有與動詞不同的特質。例如，「是」無法表示動作，故不能接表時態的語助詞「了、過、著」。

　　「是」字句與其他動詞相同，可做多種形式的主語，如：

⑵

　　a.小華是有名的語言學家。（名詞）

　　b.能夠應用AI是未來必備的知識。（動詞性名詞）

　　c.秋天是適合旅行的季節。（時間名詞）

　　d.她是我表姊。（代名詞）

　　e.四月一日是我的生日。（時間名詞）

　　f. 前方是我的老家。（空間名詞）

　　前面⑺中例句的主語，形式很多種，但能出現在主語位置的本質上都是名詞。而名詞表面上有很種形式，可以爲名詞(7a)、動詞性名詞(7b)、季節名詞(7c)、代名詞(7d)、時間名詞(7e)、空間名詞(7f)。其他還可能是原因、條件，顯示「是」字句與其他動詞相同，能接受不同形式的主語。這裡需要再說明的是(7d)的動詞性名詞，像「能夠應用AI」結構上屬於VO（動詞+賓語），形式上是動詞，但功能上卻是名詞，所以能當主語。

　　另外，像⑺這些「是字句」，又有人稱爲「判斷句」，這種稱謂的主要理念是：判斷句＝繫詞 + 斷語。所謂「繫詞」就是前面所說的linking verb，昔日稱爲「連綴動詞」，現代有人改稱爲「繫詞」。其實，連繫就是連綴的意思。「斷語」是個概稱，泛指「是」（或「繫詞」）後面的補語。以(2a)爲例，「小華」爲主語。「是」是「繫詞」，補語爲「有名的語言學家」，結構如(3a)所示。（S＝句子）

　　⑶a.　　　　　　　　　　　　　b.

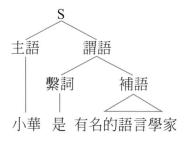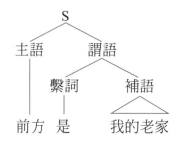

再以(7f)爲例，主語是「前方」，繫詞「是」，補語爲「我的老

家」。這裡還有一點必須再加以說明。不知從何開始，有人把「是」之後的「斷語」稱為「賓語」。這並不能接受，賓語應該是及物動詞之後的事或物，都是名詞或名詞短語。位於連綴動詞「是、變成、長大」之後的名詞、形容詞、副詞應該都是補足語句的「補語」。如：

⑷

　　a. 他變成醫生了。

　　b. 他變高了。

　　c. 他現在變得沉默寡言。

前面(4a)的名詞（醫生）、(4b)的形容詞（高了）、(4c)的副詞（得沉默寡言）都應該是補語。

　　另外，還有一種常被歸為不同的「是……的」句式。我們認為這與前面談到的是字句並沒有太大的差別，唯一的差別在於「是……的」句以「的」形容詞結尾做補語用。如：

⑸

　　a. 小華是從香檳來的。（地方）

　　b. 那個版本是一九八五年的。（時間）

　　c. 她是為了留學而出國的。（目的）

　　d. 這個想法很有創意，是誰想到的？（人稱）

　　e. 是什麼人把祕密講出來的？（謂語）

　　f. 是老闆叫我講的。（句子）

　　g. 他臉紅是喝酒來的。（原因）

　　從⑸的例句樣式同時可以看出其補語（……的），與前面的是字句並沒有區別。以補語而言，可以是地方(5a)、時間(5b)、目的(5c)，也可以表示人稱(5d)。另外，(5e)和(5f)表示講話者的焦點在於「是」後面的主語。這兩個句子，基本上與英語的It is …… that的句型相呼應，屬於強調句，文獻上也稱為次分裂句。因此(5e)和(5f)也可講成

⑹

　　a. 把祕密講出來的是什麼人？

　　b.叫我講這些話的是老闆。

至於(5g)則表示主語和補語之間可以有因果關係。

　　是字句與「是……的」基本上並沒有不同，不需要分開講述。我們這裡合在一起，更可發現其間的共通性。

連字句

　　連字句與「是……的」基本上都屬於強調焦點的結構，不過連字句通常用「連……都」來表示，而把要強調的焦點放在其間。如：

(7)

　　a.連三歲的小孩都知道不能隨地小便。

　　b.這件事，連董事長都不同意。

　　c.那個祕密連小孩都知道。

　　「連」多用於強調語氣，有些句子並不常用，主要就是需要有更明確的焦點。如果把(7)的句子去掉「連」，就會變成(8)。

(8)

　　a.三歲的小孩知道不能隨地小便。

　　b.這件事，董事長不同意。

　　以(8a)這個句子，無論語意、句法都已經很完整，但卻很少人用，因為大家都沒有把握是否三歲的小孩已經知道不能隨地小便了。但是(8a)放入「連……都」的結構中，變成了(7a)，這個句子不但常聽到，而且聽者都知道其弦外之音。同樣地，(8b)固然是句子，卻失之平庸，若改為(7b)，那就多了強調的力量了。

　　連字句不僅用於否定式的強調，也用於肯定句地強調。試比較後面兩個句子。

(9)

　　a.連小明都不知道有那間店。

　　b.連小明都知道有那間店。

　　這兩個句子差別只在於(9a)是否定句式，而(9b)卻是肯定句式，這

表示這兩句的「小明」在講話者的眼中是很不一樣的人。(9a)的小明應該是「半仙式」的，是幾乎無所不知的人，那連他都不知道，表示那間店默默無名，或者是毫不引起人家的注意。而(9b)中的小明應該是很少出門，因此(9b)表示那間店很有名，連不常出門的人都知道了。

連字句的使用，通常還帶有誇張或過度強調之意，如：

⑽

a. 那種食物，連狗都不吃，你還拿來給年老的媽媽吃。

b. 那種文章，連文盲都能寫，虧你還寫得出來。

c. 那種語彙，連潑婦罵街都不敢用，你竟然講得如此順口。

前面⑽的句子，共同的特點就在於誇張，用以襯托後面語句中的貶意。以(10a)而言，連狗都不吃的食物必定是餿食、或堅硬難以下嚥的東西，竟然拿來給年老的媽媽吃，主要是用以強調孩子的不孝。

簡而言之，連字句主要是用來加強語氣、或者是表達誇張的用語，頗類似英語it is ... that的強調句型。

比較句

比較句大部分應用於形容詞或副詞的比較，最常用的形式有三種：原級的比較、比較級的比較、最高級的句型。

不過，首先應該了解比較對象，如：

⑾

a. 她的眼睛比我的（眼睛）還要明亮。

b. 他的身高比我的（身高）還要高。

c. 那本書的封面比這本書（的封面）還要高雅。

換言之，比較的對象要相同。如(11a)，比較的是「眼睛」，雖然在口語中，(11a)可能簡化為「他的眼睛比我還要明亮」，不過詳加分析，像「他的眼睛比我還要明亮」是病句，因為比較的變成「他的眼睛」和「我」做比較了。如果確定了比較的對象和目標之後，即可用前面的分級方式來進行比較。

首先我們先看原級的比較，常用的原級比較採用「A 與／和／跟 B 一樣／同樣（形容詞或副詞）」的句型，或者「A 與／和／跟 B 一樣／同樣愛 V」如：

⑿

　　a.小明跟小芳一樣高。

　　b.她的頭髮和妳的（頭髮）同樣又細又長。

　　c.她早餐吃的饅頭與我吃的一樣大。

　　d.她跟我一樣愛吃甜點。

　　e.我們（我跟小華）同樣愛吃甜點。

前面(12a-c)都特別指出比較或相同的對象，而形容詞則以長寬大小高矮等為多。當然原級也能引伸用於⒀之類的句子。

⒀

　　a.我想買一本跟這同樣的辭典。

　　b.這兩個皮包同樣款式。

　　c.他與我同樣愛喝咖啡。

原級的否定比較，可用「A 與／和／跟 B 不一樣／同樣」或「A 不如／像 B……」，如：

⒁

　　a.他戴的帽子與我戴的不一樣。

　　b.他戴的帽子與我戴的不一樣大。

　　c.他戴的帽子不如我戴的那麼大。

看過原級的比較之後，且來檢視形容詞比較級的比較。通常使用「A 比 B（還）……」，如：

⒂

　　a.小明比小華還（要）高。

　　b.小華比小明還（要）矮。

　　c.小明比小華還高三公分。

　　d.小明高小華三公分。

e.小華矮小明三公分。

從(15a)與(15b)的比較，可以看出來比較的對象為形容詞，而形容詞本身就有相對或相反的對比，如高矮、遠近、胖瘦、高低、長短等等，藉著形容詞的內在差異，能讓比較級的主語或比較對象前後調換。另外，比較級，可以只講形容詞的比較，也能更進一步點出高多少（公分）(15c-e)。

這種比較句型，同樣可以用在副詞的比較，如：

⒃

a.小華比我還愛吃零食。

b.妹妹比弟弟還能吃苦。

c.小明比小華跑得還要快。

d.媽媽這兩天的情況比上個禮拜好多了。

e.小芳遠比妹妹更愛乾淨。

比較級除了比字句以外，還常與「還、更、再」等程度副詞並用，主要是強調。另外，比較的對象也可能是自己，以(16d)為例，比較的是媽媽個人在這個禮拜和上個禮拜的情緒、健康狀態、心理穩定度等等的比較。

比較級的否定，通常用「A不比B……」、「B比A（還）……」、或「A沒有B……」，

⒄

a.那張桌子不比（如）這張大。

b.她的在校成績不比妹妹好。

c.這本書沒有那本辭典厚。

d.婆婆今天的氣色沒有上個月好。

最後，比較級的使用並不一定要有兩個對象的比較，在寫作方面，常常會把比字句單獨使用，如：

⒅

a.比較之下，這個主題並沒有那麼困難。

b.我個人還是比較喜歡寧靜的鄉村生活。

c.講到念舊情懷，我不如小芳。

d.要結婚的話，晚結婚不如早結婚。

⒅裡的例句，其實並沒有明確的兩方比較的對象，反而像語氣轉折的連接詞，但是這樣的比較用句卻在日常溝通扮演重要的角色。

插加句

　　所謂「插加句」指結構上極為簡短結構的短語或短句，在口頭上或書寫上，加入句子之中，通常並不會影響句子前後的語意，如：

⒆

a.目前的困難，<u>據我判斷</u>，還不至於完全沒有辦法解決。

b.<u>約而言之</u>，未來公司應該朝AI的應用方面持續發展。

c.這個計畫案，<u>我敢說</u>，還沒有進展到具體可行的階段。

d.她才剛打算退休後去國外走走，<u>哪想到</u>，就這樣走了。

　　插加句其實是因講話的情境、需求而增加的，起初並沒有特定的語意，但卻由於突發或偶發的狀況而增加了口頭禪或個人的建議、分析、觀察，以供聽話者的參考。以⒆為例，就是根據講話者的個人判斷而講出口的。當然，加這樣的插加句也可能是想增加權威性。(19b)可能是主管階級的口氣，要為某個會議或討論做個總結。(19c)比較像年輕或小輩的建議，也可能是主管階層為同為主管的人做的建議。至於(19d)則顯出講話者的驚訝。

　　另外，插加句也常見於疑問句中，如：

⒇

a.今晚的聚會<u>你知道</u>誰會來嗎？

b.<u>妳想</u>哪位教授會是今年的優良教師呢？

在第十三章疑問句裡，有特別指出(20a)用「嗎？」或用「呢？」主要在於焦點的差別，用「嗎？」焦點在於「你知道或不知道」，但(20b)的焦點顯然在「哪位教授」，所以用「呢？」。

　簡而言之，種類繁多，如「據說、聽說、依你看、你聽、想想看、其實、看來、這樣看來、依我看來……」都是常見於口語上的插加句。

結語

　本章主要討論了四種常用的句型，分別為(a)是字句，(b)連字句，(c)比較句，還有(d)插加句。這四種句子結構都分別有其特殊性，但這些句子的共通點是篇幅不太大，相對的這些句子的結構也不特別複雜，故能放在同一章。

第十七章
漢語的語意與語用

引言

　　語言是人與人之間互通訊息的橋樑，只要是使用同一個語言的人，不論是來自哪個角落，大概都能透過語言傳遞彼此的觀念看法想法，雖然偶有方言性的文化差異，大體而言，並不會帶來太大的溝通障礙。為什麼會如此呢？現代語言學的看法是由於同一語言的人，頭腦中享有共同的語意規律。

　　語意學就是探討語言意義的科學，透過語詞內在的語意，分析相反詞、多義詞的關係，進而探討歧義的來源。語詞構成句子之後，語句之間也存有可解和不可解的兩面現象。可解的又可分為語詞為本的解釋，或語句結構的關係。例如「堵車」和「塞車」是兩岸用語的差異，但漢語的「堵塞」是個並列結合語詞，雖然大陸地區多用「堵車」，臺灣多用「塞車」，彼此接觸之後，雙方還是能明白對方語詞的語義。至於不可解的語句，有些是歷史文化的積累，有些則是源於成語、固定用語的語義現象。例如「甘藷」和「芋頭」帶有很在地的文化成分，除了臺灣地區，其他地區的華語使用者，不論是香港、新加坡、大陸地區的華語人士，都無法了解這兩者的差別。

　　語意學後來又衍生出語用學（pragmatics），主要是由於語詞或語句在不同的場合，不同的社會情境中常會有不同的意思，至於談話和敘述方式的連貫與解讀，現在一概稱為言談分析（discourse analysis）。

　　既然句子是語言最基本的結構單位，而每個句子都是由單詞所組織而成的，所以每個單詞的語意變成了語意學研究的核心。除單詞的語意

關係之外，本章也將簡介語意來源的不同看法或理論。

語意的內涵

語意的來源屬於哲學上的問題，現下有幾種不同的語意理論，每種理論都僅能解釋部分的問題，這種哲學性的問題，並非漢語語言學家特別重視的領域。基本上，漢語學家認知裡的語意，大約承襲形音義的三位結構，而語意即爲約定俗成的，這裡我們將從單詞和語意的關係，探討相反詞、相似詞（多義詞），並且說明語意歧義的背景。

語意的理論

單詞的語意，綜合而言有三種不同的理論與看法：(a) 內在影像論 (b) 定義與原型論，(c) 語意與指涉。

內在影像論

內在影像或心理影像學說認爲單詞的語意來自於我們心中對該詞所具有的影像，例如，當我們聽到「書」這個語詞時，我們心中會浮現 的圖像，因此，我們知道「書」指的是心中內在的 那個影像。

內在影像理論的優點是能很確定地連結語詞和心中影像的關係，讓我們能理解抽象的理念、想法、學說。如：「理念」是很抽象的名詞，在每個人的心中浮現的影像並不見得相同。以「願景」爲例，臺灣第一次出現「願景」這個語詞之時，每個人的解說並不完全相同，但經過數次的調整、修潤，慢慢地大家就在頭腦裡存有對「願景」共同的圖像，形成了一新名詞。很多語詞如「忘記、鄉愁、人設、被休假」都是經過這樣的歷程而達到相對明確的共同圖像。

回想孩子在語言初期，動輒會問媽媽：「這是什麼？」於是媽媽慢慢地指給孩子看冰箱、狗、貓、杯子、奶瓶……，這些形象或意象逐漸在孩子的腦內生根，逐漸成爲他心理形象的一部分。

定義與原型論

　　有人認為語言的學習者靠著語詞的增加，而在心中或腦海裡建構了辭典，稱為心理辭典。平時遇到要使用該語詞的時候，就像電腦去搜尋、排列、整理語詞的方式，而找到該語詞的語意。這很能反映我們的生活，我們常常被邀請去臨時演講，或去參加即席演講，上臺後講者都很努力搜尋精準的語詞或用字。有時我們先想到跟那個語詞相關的，比如說要講出蘇東坡這個人名，會先想到人的形象，再想到「念奴嬌」的詞牌或「明月幾時有」的圖像，再慢慢聚焦而想起了蘇東坡這個人名。當然每個人的推想不同，但基本原理卻很相近。

　　定義與語意的先後問題，正如先有雞或先有蛋的問題一樣，很難取捨到底是先有定義，還是先有語意。以「鳳梨」而言，必須先有「鳳」的定義，再有「梨」的定義，然後才有「鳳梨」的定義。不過，「鳳梨」既沒有「鳳」也沒有「梨」，而需要另一個新定義。這時，「鳳梨」這個語詞和我們見到的鳳梨之間是如何連結的呢？這始終是「定義與原型」學說很難解答的問題。

語意與指涉

　　哲學家或邏輯學家從指涉（reference）的角度來解釋語言的意義，認為「字詞的意義源自於它的指涉對象（referent）」，例如提到「雞」，這個語詞的指涉對象是「雞」綜合體，包括了土雞、公雞、肉雞、來亨雞、長毛雞等等，有些雞體型大，有些雞體型小，但無論如何，都會從「雞」綜合體慢慢去辨識講話者指涉的雞，到底是哪一種。

　　後來這個理論又進一步把指涉分為「內指涉」與「外指涉」。簡而言之，「外指涉」指該語詞與語意連結的東西，而內指涉就是該語詞的字形與字音本身。且以句子來解釋。在臺灣夜市裡吃的「燒雞」，其內指涉就是「燒雞」這個語音與漢字。但是其外指涉則為端到你面前可以吃的燒好的雞（該是烤雞）。但是如果你到日本店去點「燒鳥」，內指涉還是「燒鳥」的語音和漢字，但其外指涉卻也是端到你面前的燒雞，

而不是燒鳥，因爲日本字的燒鳥指的就是燒雞。且以後圖來表示：

(1) 　　　　**漢語「燒雞」**　　　　　　　　　**日語「燒鳥」**

　　a.內指涉　　　shao ji　　　　　　　　　　shao niao

　　b.外者涉

趙珮廷繪

換言之，「燒雞」和「燒鳥」的內指涉有別（因爲這兩個語詞的讀音不同，寫法有別），但兩者卻有共同的外指涉，都是指端上桌面的烤雞，所以「燒雞」和「燒鳥」就外指涉而言，是co-referntial（共同指涉）。

　　有些語詞只有內指涉而沒有外指涉，如：

(2)

　　a.臺灣皇帝是個禿子。

　　b.張無忌要選臺灣總統。

前面(2a)的「臺灣皇帝」只有內指涉，因爲這四個字能單獨發音，有漢字可以書寫。但它沒有外指涉，因爲臺灣沒有皇帝。同理，(2b)的「張無忌」並無其人，那是金庸筆下所創造出來的人物，不存在於現今的世界上，因此「張無忌」僅有內指涉，而沒有外指涉。

單詞與語意

　　單詞的語詞和語意之間的關係，可以從同音詞、同義詞、多義詞、相反詞四個層面來看。

同音詞

　　具有相同發音但是語義不同的語詞，稱之爲「同音詞」，例如「近視vs進士；部屬vs部署；因爲vs音位；粉廠vs墳場；交代vs膠帶」。至於單字之間的同音詞更多不勝舉。

　　同音詞常見於詩詞等，作爲雙關語，如劉禹錫的「竹枝詞」就以寫景來表現一語雙關的情意：

⑶**楊柳青青江水平，聞郎江上唱歌聲。**

　　東邊日出西邊雨，道是無晴卻有晴（「晴」和「情」同音）

　　前詩表面上是寫景，但是從「聞郎江上唱歌聲」可知該癡情女子心中忐忑關心的是「道是無情卻有情」的情懷。

同義詞

　　含有相同語義的語詞，稱爲「同義詞」。任何語言都有不少的同義詞，常見的漢語同義詞如「立刻—馬上；美麗—漂亮；焦慮—焦躁」，可說多不勝舉。不過，我們在使用「同義詞」時，也應該要特別小心，因爲畢竟世界上沒有兩片完全相同的葉子，語詞也相同，不見得完全相同。最能解釋這種現象者，爲「幫忙」與「幫助」，兩者很接近，但並非全然相同。

⑷

　　a.我們可以給他及時的幫忙／幫助。（名詞）

　　b.我們要幫忙／幫助他。（動詞）

　　c.他給我們幫了很大的忙。

　　d.*他給我們幫了很大的助。

細看⑷中的句子，「幫忙」與「幫助」都可以當名詞(4a)，也可以當動詞(4b)，但「幫忙」兩字之間可以插加語詞(4c)，而「幫助」兩字之間卻不可插加語詞(*4d)。可見「幫忙」與「幫助」就(4a，4b)的語義層面，兩者相似，但在構詞層面(4c-d)而言，兩者不同。

多義詞

　　多義詞相當於英語的polysemy，表同一個語詞同時承載了不止一種語義，這應該是現有世界上的語言共同的現象。如「桌子」可以指「方桌、圓桌、矮桌、高腳桌」，又如「明白」可以「了解『我明白你

的意思。』、清楚，『他把這件事講得這麼明白。』，理解『他是個明白人不會做糊塗事。』」

相反詞

　　相反詞也稱爲「反義詞」，指兩個語義相反或彼此矛盾的語詞，多用於形容詞。不過形容詞本質上就存有兩種特性，一種形容詞是相對式的差別，如「長vs短」，雖然表上是相反詞，但在現實中卻不一定，原因就是「長」和「短」都是主觀的、相對式的語詞。換言之，針的「長」可能只是幾公分，而竹竿的「長」就幾十呎，又馬路的「長」就可能幾百公里了。另一種是絕對的，例如「死」和「生」是彼此不可能共存的現象，「死」表示失去了呼吸失去了意識，只要還沒有失去呼吸或意識，都不能稱爲「死」。

　　大部分的形容詞都是相對性的相反，如「寬 vs窄；高vs矮；高vs低；胖vs瘦」。在這些相對的形容詞之間，比較常用的都是優勢面，如「長、高、胖、寬」，故稱爲無標（unmarked），而相反的劣勢面（短、低、瘦、窄）稱爲有標（marked）。平常我們講話，都以無標的爲準則，如(5a)、(5b)、(5c)，如果遇到特別標示如(5d)和(5e)，才會使用的「有標的」語詞。

⑸

　　a.你想介紹給我的男生到底多高？

　　b.繩子需要多長？

　　c.你的車庫門要建多寬？

　　d.你說那個男孩很矮，到底多矮呢？

　　e.繩子若不要這麼長，那要多短呢？

絕對的相反詞並不多，除了「生死」之外，常見的還有「在場vs不在場；出現vs沒出現」。

歧義的來源

　　由於語詞具有同音詞、多義詞、同義詞、相反詞等特性，因此日常的對話，往往會帶來歧義的解讀，導致溝通雙方的誤解，這在戲劇、相聲裡特別常見。日常生活中的句子如(6a)，

(6)

　　a.他穿好衣服。

　　b.他做不好的事。

　　c.桌子上放著許多朋友送來的水果。

(6a)可能產生兩種不同的解讀，一是「他喜歡穿好的衣服。」，另一個是「他已經穿好了衣服。」。相同的，(6b)也能解讀成「做壞事」或「把事做壞了」。基於同樣的概念，(6c)能解為「桌子上放著『朋友送來的』水果」，也可是「桌子上放著『許多朋友』送來的水果」。

　　有些是由構詞上產生的歧義，不同的語詞劃分會帶來歧義，如

(7)

　　a.那是口有水井。

　　b.那是口有水井[ˊ ˇ]。

　　c.那是口有水井 [ˇ ˊ ˇ]。

可產生兩種讀法，兩種語意。若讀成(7b)，表示那口是「有水的井」，如讀成(7c)，那表示「有一口水井」，是否有水則不得而知。這與他去了「那個老馬場」相同，不同的語詞劃分會導致讀音與語義的差異。

　　至於像「全國性教育」（「全國性」教育，或「全國」性教育），「全臺大停電」（「全臺灣」大停電，或「全臺大」停電），也與構詞的劃分很有密切的關係。

　　歧義也來自句子的結構。例如，

(8)

　　a.我遇到了年輕的先生和女士。

　　b.先生和女士都年輕。

　　c.[年輕的先生]和女士。

前面(8a)有可能為(8b)的意思，也可能是(8c)，但一般聽到這樣的句子，總無法從語音上很明確地區分(8b)和(8c)的差異，而帶來了歧義。

　　還有一種句字，英語稱為garden path，直接翻譯就是「園徑句」，正如走向園藝區散步，路徑曲折，總要走過柳暗花明，才能見到又一村的全貌。試看後列的句子，

(9)

　　a. 訪問教授總是令人愉悅的。

　　b. 他的笑話講不完。

　　c. 他能講很多笑話。（講都講不完）

　　d. 有關他的笑話太多了，講都講不完。

前面(9a)的句子，可以解釋成「去訪問教授總是令人愉悅的」，也能解釋為「訪問教授」（是一種身分）為人樂觀，總是非常令人愉悅。同理，(9b)初看並沒有任何問題，但是仔細一想，會發現該句能解釋成(9c)或(9d)，兩者的語意差別很大。

其他結構的語意

　　前面我們試著從單詞語意及句法語意中尋找及建構出一些語意的規則，可是日常生活中的語言，並無法完全以這些規則來解釋。至少有三種情形，宜另外討論：⑴矛盾句，⑵隱喻句，及⑶成語。

A. 矛盾句

　　漢語與任何其他語言相同，語意的任意性或武斷性很高，有很多語詞簡直是無法解釋。例如英語的bottleneck翻成中文為「瓶頸」，被視為是神翻譯。但試看後面的句子：

(10)

　　a. 目前公司遇到的瓶頸很大，希望大家能共同合作，拚過難關。

　　b. 那個瓶頸還不小。

英語bottleneck越大，困難就應該越小，同理，如果(10a)的「瓶頸」很大，表示困難很小，因為瓶子的口就因為小，所以被賦予「困難」的意

思。可見「瓶頸」是很矛盾的語詞結構。其他如「舊新聞、強制性選擇、光亮的暗房」等等都是矛盾用語，這與「好容易」vs「好不容易」竟然意思相同，而「他差一點沒撞到車。」和「他差一點撞到車。」都表示沒有撞到車。由此可見，許多語詞的內在語意是矛盾的，不過由於社會上大家都這樣用，於是大家能溝通無礙。

但是還一種是純粹出於語意的矛盾，但句法卻合理的，如

⑾

　　a.我家的公雞生蛋了。

　　b.他家的小鴨在水裡飛。

前面兩句，語意上完全矛盾，但是句法卻合情合理。這種句子常出現在劇本、相聲、謔笑的場合中。另一個常用這種矛盾語的是在寓言故事裡。

B.隱喻

隱喻（metaphor）是文學上有名的比喻（figurative）語言之一，幾乎所有的比喻語言都無法從字面來理解，尤其是隱喻，更難理解。它必須透過想像、經歷，或典故中才能豁然開朗。例如⑿的詩句

⑿

　　a.柔情似水，佳期如夢，忍顧鵲橋歸路（秦觀，浣溪紗）

　　b.問君能有幾多愁？恰似一江春水向東流（李煜，虞美人）

傳統修辭學家把比喻分為三類，像⑿的句子稱為明喻，因為句中出現「如、像、似」之類的介詞。比喻的語詞，其語意無法直接從字面語詞之語意來解說，而必須考慮到詩詞中前後的語境（context）。

至於像(13a)與(13b)之類的比喻，由於沒有「如、像、似」之類的介詞，稱為隱喻。如(13b)的「黑雲翻墨」烏雲密布的狀況，而「白雨跳珠」則寫雨勢之大，雨點如珠。

⒀

　　a.願君學長松，慎勿作桃李。（李白，贈書伺御黃裳二首）

b. 黑雲翻墨未遮山，白雨跳珠亂入船（蘇軾，元月二十七日望湖樓
醉書）

c. 誰言寸草心，報得三春暉（孟郊，遊子吟）

像(13c)的比喻，則以A喻B，稱爲借喻。孟東野這裡用「寸草心」
表自己之渺小，而用「三春暉」喻母親的偉大光芒。

不僅古典詩詞善用比喻，現代詩的隱喻也不遑多讓，以鄭愁予的
「錯誤」而論，(14b)、(14d)，和(14c)是明喻，而(14c)則爲隱喻。

(14)

a. 我打江南走過

b. 那等在季節裡的容顏如蓮花般開落

c. 東風不來，三月的柳絮不飛

d. 你底心如小小的寂寞的城

e. 恰若青石的街道向晚

除了矛盾、比喻之外，還有格言或成語的語意也很特殊。

C. 諺語、格言或成語

隱喻的語詞或用句，無法從語詞的表面意義來解釋，而是帶有文
化背景的意涵。同樣地，諺語、成語的語意，也不能從字面解釋，例如
「有機可乘」依句法及字意，大可以解釋成「有飛機可以坐」，因爲坐
飛機一般說成「乘」飛機，然而深知成語結構的我們，一看就知道應該
解釋成「有機會可以利用」之意，而不是「有飛機可以坐」。

前述三種情況：矛盾、隱喻及慣用語等結構違反了語意與句法結構
的直接關係，因此在語意的探索及了解過程中，這三種結構必須歸類爲
「有標的」（marked）句子，其語意的解讀具有獨特的背景。

複習

1. 下列哪一組詞的反義關係與其他三者不同？

(A) 生／死　　　(B) 成／敗　　　(C) 對／錯　　　(D) 冷／熱

2. 多義短語的成因不只一種，下列哪一個短語歧義的原因與其他三者不同？(2017:28)

(A)去看打棒球的孩子　　　(B) 訪問教授很有趣

(C)那條小狗每個人都愛　　(D) 呼叫吃飯的人

3. 下列何者是透過詞素義的比喻來表達詞義？(2017:20)

(A)「桃李」滿天下　　　　(B)「紅顏」薄命

(C)「巾幗」不讓「鬚眉」　(D) 上「洗手間」

4. 以下哪一組反義詞的關係和其他組別不同？(2016:19)

(A)聰明－愚笨　　　　　　(B) 出席－缺席

(C)節儉－奢侈　　　　　　(D) 懶惰－勤勞

5. 關於多義詞的敘述，哪一個選項**錯誤**？(2023:31)

(A)一個詞最早存在的義位就是中心義。

(B)一個詞的修飾成分越多，義位就越少。

(C)多義詞的各個義位，彼此之間是互相關聯的。

(D)多義詞的其他義位都是由語源義（本義）衍生的。

6. 下列句子在語意表述上，出現詞語搭配不適切的是哪一個選項？(2023:33)

(A)這件事一言難盡，且聽我慢慢道來。

(B)三年來，他對我的憤恨始終沒有解除。

(C)到目前為止，整個計畫進行得非常順利。

(D)隨著天氣轉壞，他只好取消這次登山活動。

7. 下列哪個句子產生歧義的原因與其他三個句子不同？(2022:23)

(A)真愛找麻煩。　　　　　(B) 現在我沒事。

(C)我幫你加油。　　　　　(D) 原來是這樣。

8. 下列選項中，何者為絕對反義詞？(2020:5)

(A)大／小　　　(B) 冷／熱　　　(C) 死／活　　　(D) 黑／

9. 下列哪一組反義詞的結構方式屬於動補式？(2016:10)

(A)抓緊／放鬆　　　　　　(B)出席／曠課

(C)光滑／粗糙　　　　　(D)全體／局部

10.下列哪一項選項是由於語詞的內在結構而引起的歧義現象？(2020:7)

　　(A)熱愛學生的老師　　　(B) 走進一個老馬場

　　(C)三個文學院的學生　　(D) 推廣全國性教育

11.漢語這句話，「我們公司需要新的人手。」是反映出我們人類運用哪一種認知現象於語言使用中？(2016:25)

　　(A)原型　　(B) 明喻　　　(C) 隱喻　　　　(D) 轉喻

12.下面哪一組不是反義詞？(2017:15)

　　(A)須臾／無窮　　　　　(B) 長吁／短嘆

　　(C)吝嗇／慷慨　　　　　(D) 謙虛／驕傲

13.多義短語的成因不只一端，下列哪一個例子導致歧義的原因與其他三者不同？

　　(A)參考資料　　　　　　(B) 咬死獵人的狗

　　(C)通知開會的同學　　　(D) 張三借了李四一本書

14.下列哪句沒有歧義？(202:34)

　　(A)那棵樹葉子大。　　　(B) 開刀的是他父親。

　　(C)咬死了獵人的狗。　　(D) 她弟弟和我說的一模一樣。

15.漢語中有許多的隱喻概念表達，下列哪一個例子運用了「想法是建築」的概念隱喻？(2016:29)

　　(A)你的論點是什麼　　　(B) 我的思想很成熟了

　　(C)他的想法開始動搖　　(D) 大家想辦法去了解這個理論

16.「我跟他去過臺北。」是一個歧義句。請至少寫出三個不同意思的句子，並分析各個句子中「跟」的詞性及功能。(2023:ii:(1))

17.說明「白頭偕老」、「白他一眼」、「白吃一頓」、「黑白兩分」中四個「白」字，各屬於什麼詞？其語法功能為何？(2017:ii:(3))

語用的範疇

　　語用學（pragmatics）相較之下是比較晚期發展出來的語言學領域，但由於語用和日常的溝通大有關係，故很引起重視。不過，語用的範圍非常廣闊，在啓蒙的階段，本書僅限於語言行爲理論、預設、指代詞三個主題。

語用理論

　　語用理論中，以奧斯丁（Austin）的語言行爲理論最引起重視。根據這個理論，語言有兩種行爲：表述句、表意句。前者的動詞多爲靜態動詞，且看後面的例句。

⒂

　　a.小華有兩個妹妹。

　　b.牆上掛著祖父的遺照。

　　c.我深感榮幸能來此演講。

前面三個句子中的動詞，如「有、掛、感」都是第七章所講的靜態動詞，只能敘述事情的事實或發生的經過。另一種表意句的動詞則具有很強烈的宣示、命令、執行的涵義，均爲動作動詞，如

⒃

　　a.我命令李四離開村莊。

　　b.他要求工作必須在本週末前完成。

　　c.老大威嚇他不能再亂講話。

　　d.他警告你盡快收拾包袱回家。

　　有時候，這些宣示性動詞並沒有出現，但仍然具有相同的威力，如

⒄

　　a.不要再笑了。

　　b.安靜！

　　c.我自己來。

以上這些句子，都是命令句，帶有很強烈的動作在內。有些句子，解讀的語意則以當時的情境或語境而定，如

⒅

a.小心，老黃過來了。

b.你看，小黑在這裡。

像(18a)之類的句子，可能含有威嚇，潛在語意可能是「小心，老黃過來了喔，大家還不快做決定？」，也可能是「我警告你們，老黃要動手了，還不讓開？」不過，像這種表意句並不需要帶有威嚇的動詞，也能表達威嚇的語意。

不過，語言行爲是否能達到具體的成效，必須有個條件，稱爲「求眞條件」：

⒆**求眞條件**

任何講述表意句者，都必須滿足行事動詞的必要條件。

且以(16b)爲例，主語「他」要求事情完成的求眞條件必須滿足⒇：

⒇

a.講話者知道或相信「事情還沒完成」

b.講話者相信「他」能「讓這事情在本週末前完成」

c.講話者相信「他」有足夠的能力或威信（如「他」是總經理）去執行

d.講話者眞的希望這件事情能在週末前完成

換言之，前面⒃、⒄、⒅的講話者，都應該具有很特別的地位或聲望，所以能讓他講出這些話之後，得以讓他講出來的話能眞正執行。

預設

語用理論中，另一個經常提及的主題就是「預設」（presupposition）。預設通常存在於語言或語詞本身，如：

(21)

a.要再來一杯咖啡嗎？

b.李四的姐姐離婚了。

c.張三的孩子戒菸了。

像(21)中的這些語句都是我們日常生活非常常用的對話，大家講這些話時，可能沒有想到每人心中其實存有很多偏見（偏見其實就是一種預設立場）。以(21a)的為例，「再」的意思就表示「至少已經有過一次」的語意，因此(21a)的講話者心中預設：

(22)對方已經喝過至少一杯咖啡

所以用「再」。

而(21b)表示講話者至少預設

(23)

a.李四有個姐姐

b.李四的姐姐至少結過一次婚

根據這個預設，他才會講出(21b)「離婚」這個語詞。

與「再」相似而帶有預設立場的語詞，還有「多一點」（你還要加多一點糖嗎？），「也」（他也是愛看電影的人。）另外，像「後悔、忘記、記得、忽視」等等都帶有預設的立場：

(24)

a.小華很後悔沒有去看祖父最後一眼。

b.小美忘了去拿講義。

c.我記得已經把信寄出去了。

(24a)預設了「小華沒去看祖父」，(24b)預設了「小美答應過要去拿講義」，而(24c)預設了「把信寄出去了」。

有些語詞帶有深厚的歷史文化意義，因此我們能從句子中來判斷講話者心中的預設立場，如：

(25)

a.張三不幸車禍死了。

b.張三遇車禍真是不得好死。

c.年輕有為的張三竟遭車禍而喪生。

⑤的三個句子，講述的事實是同一件事「張三被車子撞死了。」但是從
(25)的三種語句使用中，我們應該很能理解講話者和張三的關係，也很
能見到三個講話者心中存有很不同的預設立場。

指代詞

「指代詞」（deictics）表事物、動作與講話者之間的距離遠近，
如「這、那、這些、那些、那時」指代詞的使用和講話的時間、方位、
立場等因素大有關係，因此應用指代詞之時，這些因素都要交代清楚，
否則容易產生溝通上的困難。例如你在地面上撿起一張舊報紙，上面
說：「XX百貨公司本週大打折，精品全部3折起」，你可能也不會心
動，因為那是過去的日期。這時候，那時的「本週」已經成為「那週」
了，也即打折已經是昨日黃花了。

又如在百貨公司，常常聽或看到像後面的對話：

⑯

顧客指著售貨員後面的杯子，說：「我要那個」。她用「那個」因為從她的位置而言，她要的杯子離她比較遠。但是，售貨小姐把杯子取下來之後，對她而言，杯子就在眼前，所以她說：「喔！你要這個，那很好哇！你要的杯子就在這兒。」我們要弄清楚的是「那很好哇！」中的「那」指的是「喔！你要這個（杯子）。」整個句子。由此可見，指代詞並沒有固定的語意和指涉，而必須依賴對話發生的地點和時間而定。

言談分析與語意

言談分析也是語用的一大主題，重點是透過對話的逐字或逐句分析，藉以理解為何會讓講話者與聽話者之間產生了解或溝通上的誤解。且先看一小段對話：

⑵⑺

太太吩咐先生：「麻煩你到市場，幫我買10個橘子回來，如果看到賣鳳梨的那位阿婆，就買1個。」結果太太看到先生只買了一個橘子，感到非常訝異。先生很慎重地說：「因為我看到了那個阿婆啊。」顯然先生理解的是「如果看到賣西瓜的，就只買1個（包子就好）」，而太太要的是「如果看到賣西瓜的，就（再）買1個西瓜」，這兩者之間的歧義點就在於「訊息」給的太少，倘若太太講話時，把「就（再）買1個西瓜」這個訊息填上，就不至於產生誤解了。

出身英國牛津大學的格萊斯於是整理出雙方對話的「合作原則」，並指出其四個核心：

⑵⑻合作原則

　a. 質性軸心（maxim of quality）：講出事實、講出真話。

　b. 相關軸心（maxim of relevance）： 所講的話要和主題相關。

　c. 量性軸心（maxim of quantity）：參與談話者必須恰如其分地提供對方所需要的訊息，不可太多也不可太少。

　d. 方式軸心（maxim of manner）：講話者的語言要清楚、簡短、

有條理。

這四個軸心與其說是爲了促進溝通，不如說是作爲檢驗溝通失敗或溝通之間爲何會帶來誤解的原因。以⒄爲例，雙方之間的誤會是由於(28c)量性原則，太太給的訊息太少。再以質性軸心爲例，且看：

⒆

阿文看到小芳旁邊有條狗，很可愛的樣子。

阿文：你的狗會咬人嗎？

小芳：不會呀。

於是阿文就彎下身去玩了小狗，結果被狗咬了一口，痛得要命，於是：

阿文：不是說你的狗不咬人嗎？

小芳：可是，那不是我的狗哇。

以⒆的對話而言，阿文的誤解來自「在小芳身旁的狗就是小芳的狗」這個前提或預設。因此他問小芳時，小芳基於「合作原則」的質性軸心，講了心中的實話。可惜那隻狗並非是小芳的。

總而言之，「合作原則」基本上提供了雙方溝通理解的基礎，但人與人之間的誤解，通常是來自於雙方有人違背或沒有遵守某個軸心。

複習

1. 從語言的字面義（literal meaning）及言談溝通意義的關係來看，下列哪一個用語的意義關係與其他三個不同？(2017:16)

　(A)好不熱鬧啊！　　　　　　(B) 他生氣地說不去了！

　(C)他這不是來了！　　　　　(D) 不一會兒他就到了！

2. 下列哪一句**沒有**（　）內的預設？(2017:24)

　(A)張三已經戒菸了。（預設：張三曾經抽菸）

　(B)他又點了一杯咖啡。（預設：他至少喝過一杯咖啡）

　(C)他弟弟結婚了嗎？（預設：他有個弟弟）

　(D)小明今天會來開會嗎？（預設：小明會來開會）

3. 下面哪一句**沒有**括弧內的預設？(2017:35)

(A)校園的游泳池已開放了。（預設：校園裡有游泳池。）

(B)圖書館今晚有什麼演講？（預設：圖書館今晚有演講。）

(C)王大明的哥哥買了一輛跑車。（預設：王大明有哥哥。）

(D)張老師今天來學校嗎？（預設：張老師今天來學校。）

4. 後面哪一個選項**不屬於**例句的預設（presupposition）範圍？例句：「小馬的弟弟昨天打了小孩之後很懊惱。」(2016:26)

(A)小馬的弟弟有小孩。　　　　(B) 小馬的弟弟永遠不再打小孩。

(C)小馬的弟弟曾打過小孩。　　(D) 小馬至少有一個弟弟。

5. 請說明下面對話的意涵。(2017:ii:(2))

A：「今天晚上的活動你要參加嗎？」

B：「我媽要我回家一趟。」

結語

　　語意和語用是坊間漢語句法或語法書比較少論及的主題，但作為比較全面的語法書，這兩個主題絕對不能少。

　　語意學其實最早的西方語言學，也是先秦時期名家（公孫龍的白馬非馬理論）的重要議題，不過後來其內容陸續被收到其他學科之中，於是其內涵與理論要到語言哲學發達之後才回到語法的核心。語意的分析，可從單詞入手，也能從句子來解構。本章探討單詞的語意，並且從同音詞、多義詞、歧義詞等探討。後來再從句法或與詞類劃分來介紹歧義的來源。

　　語意學後來衍生了語用學和言談分析理論，前者以語言行為、預設、指代詞為主題，而言談分析則以對話的合作原則為本，其中合作原則有四個軸心，分別為質性、量性、相關性、方式等，這幾個軸心毋寧說是檢驗溝通失敗而帶來誤會的檢驗標準。

國家圖書館出版品預行編目(CIP)資料

漢語語法（白話篇）／鍾榮富著.--初版.--
臺北市：五南圖書出版股份有限公司,
2024.10
面； 公分
ISBN 978-626-393-699-7(平裝)

1.漢語語法

802.63   113012318

1XPD

漢語語法（白話篇）

作　　者 ― 鍾榮富

企劃主編 ― 黃惠娟

責任編輯 ― 魯曉玟

封面設計 ― 韓衣非

出 版 者 ― 五南圖書出版股份有限公司

發 行 人 ― 楊榮川

總 經 理 ― 楊士清

總 編 輯 ― 楊秀麗

地　　址：106台北市大安區和平東路二段339號4樓

電　　話：(02)2705-5066　　傳　　真：(02)2706-6100

網　　址：https://www.wunan.com.tw

電子郵件：wunan@wunan.com.tw

劃撥帳號：01068953

戶　　名：五南圖書出版股份有限公司

法律顧問　林勝安律師

出版日期　2024年10月初版一刷

定　　價　新臺幣380元

經典永恆・名著常在

五十週年的獻禮 —— 經典名著文庫

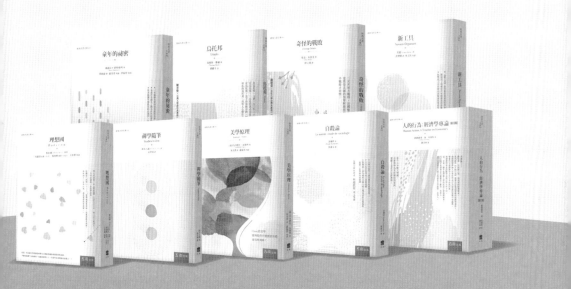

五南，五十年了，半個世紀，人生旅程的一大半，走過來了。

思索著，邁向百年的未來歷程，能為知識界、文化學術界作些什麼？

在速食文化的生態下，有什麼值得讓人雋永品味的？

歷代經典・當今名著，經過時間的洗禮，千錘百鍊，流傳至今，光芒耀人；

不僅使我們能領悟前人的智慧，同時也增深加廣我們思考的深度與視野。

我們決心投入巨資，有計畫的系統梳選，成立「經典名著文庫」，

希望收入古今中外思想性的、充滿睿智與獨見的經典、名著。

這是一項理想性的、永續性的巨大出版工程。

不在意讀者的眾寡，只考慮它的學術價值，力求完整展現先哲思想的軌跡；

為知識界開啟一片智慧之窗，營造一座百花綻放的世界文明公園，

任君遨遊、取菁吸蜜、嘉惠學子！